LES AVENTURES

DE L'ÉVEILLÉ

In-8°. 3e série.

— Oh ! non, murmura-t-il, jamais je n'oserai
tendre la main,

EUGÈNE PARÉS

LES
AVENTURES DE L'ÉVEILLÉ

ou

LE PETIT FUGITIF

SUIVIES DE

LA CLOSERIE DES BRUYÈRES

———❦❦❦———

LIBRAIRIE DE J. LEFORT

IMPRIMEUR ÉDITEUR

LILLE | PARIS
rue Charles de Muyssart, 24 | rue des Saints-Pères, 30

1877

AVENTURES DE L'ÉVEILLÉ

I

La famille Lenoir.

B*** est un gros bourg, presque une ville,
coquettement situé sur la rive gauche d'une rivière ombragée de frênes et de peupliers. Deux
cents maisons groupées autour d'une petite
église au clocher pointu et élancé, aux longues
fenêtres ogivales dont les vitres coloriées re-
flètent les rayons du soleil; une grande place
entourée de tilleuls symétriquement taillés, où
se rassemblent, chaque printemps, les saltimbanques et bateleurs accourus pour le *pardon*
du lieu : voilà le village proprement dit.

Quelques maisons de campagne, bâties le long
de la route, préparent le voyageur au charmant

aspect qu'offre le village. Au loin, on aperçoit la masse noire et confuse d'une épaisse forêt, dont les cimes centenaires semblent toucher le ciel.

B*** est presque entièrement habité par d'honnêtes artisans, se livrant au tissage et au filage des toiles, source d'aisance et de bien-être pour la commune. Quelques négociants, retirés du commerce, habitent aussi B***, préférant le séjour plus agréable et moins coûteux de la campagne à la vie bruyante des villes.

Parmi les maisons de plaisance, dont nous avons parlé plus haut, on remarquait, en 18.., une charmante habitation, bâtie presque au bord de la rivière, au milieu d'un immense jardin couvert de fleurs et d'arbres fruitiers.

Les paysans des environs et les habitants de B*** l'appelaient respectueusement le manoir. C'en était presque un, en effet, avec son corps de logis où les briques de toutes couleurs se mariaient en dessins fantastiques et capricieux, flanqué de tourelles élégantes et élancées, au toit de tuiles rougeâtres étincelant aux rayons du soleil. On entrait dans la maison par un large péristyle, qu'un double perron élevait du sol. Des deux côtés de la grille étaient les écuries et la remise.

Là habitait M. Lenoir, homme pieux et

intègre, et fort considéré des habitants de B***.

M. Lenoir avait cinquante ans passés : c'était encore un bel homme, solide et vigoureux, malgré sa barbe et ses cheveux déjà grisonnants. Ancien fournisseur de la marine militaire, il avait, au prix de fatigue et de travail, réalisé une assez jolie fortune, qui, en lui permettant de vivre à son aise, assurait l'avenir de ses deux enfants, Jules et Adrien.

Nous reviendrons plus tard sur ces derniers.

Fils d'un pauvre ouvrier du port de Brest, M. Lenoir n'avait eu d'autre éducation que celle qu'offrait alors l'école des Frères de la Doctrine chrétienne ; mais, doué d'une intelligence fort remarquable et d'un goût profond pour l'étude, il se fit bientôt remarquer des bons Frères, qui se plurent à le pousser aussi loin que possible.

A quinze ans, il sortit de l'école avec une parfaite connaissance des sciences élémentaires, et, sur la recommandation de ses professeurs, entra, comme comptable, dans une importante maison de commerce, fournissant, de draps d'habillement et de chaussures, la marine de la flotte.

Quelques années après, il épousait la fille de son patron et se trouvait à la tête d'un des plus grands établissements commerciaux de la ville de Brest. Dès lors, tout sourit au jeune homme :

époux d'une femme charmante dont la vertu et la piété égalaient la modestie, propriétaire d'un riche établissement, le Ciel mit encore le comble à son bonheur en lui donnant deux fils en quatre années.

Tant de joie et de prospérité n'éblouirent pas M. Lenoir. Il rendit grâces au Seigneur qui le comblait de ses dons, et attendit, prêt à subir avec autant de courage et de résignation qu'il avait montré de joie dans les jours heureux, les épreuves qu'il plairait au Ciel de lui envoyer.

Cependant les affaires du digne négociant prenaient de jour en jour un accroissement plus rapide ; M. Lenoir, fatigué de la vie active qu'il menait, céda son fonds à son premier employé, et vint s'établir à B***, dont l'air pur devait, au dire des médecins, réconforter un peu la santé chancelante de son épouse.

Nous allons maintenant, en quelques coups de plume, esquisser le portrait des deux fils du négociant.

Jules, l'aîné, avait dix ans ; c'était un bel enfant, à la mine ouverte et intelligente ; et, certes, en le regardant, personne ne se serait jamais douté quelle âme perverse cachait ce visage frais et riant : car, il faut le dire, gâté par une éducation qui prouvait beaucoup en la bonté de cœur de Mme Lenoir, mais peu, hélas, en sa fermeté de caractère, Jules était taquin, méchant, et surtout hypocrite. La pauvre mère, gémissant en silence, adressait au Ciel de ferventes prières, mais n'osait prévenir M. Lenoir, dont elle connaissait la juste sévérité, des craintes sérieuses que lui inspirait pour l'avenir le naturel envieux et dissimulé de leur premier-né.

Adrien, le cadet, était un gros bébé de six ans, gai et enjoué, dont toutes les préoccupations se bornaient, pour le moment, à chérir tendrement ses parents, et à courir et gambader dans le jardin, en compagnie d'une belle chèvre blanche que son papa lui avait donnée.

L'aimable enfant supportait sans se plaindre la domination tyrannique et les mauvais tours que Jules, en sa qualité d'aîné, ne cessait de lui jouer.

Retiré à la campagne, et n'ayant d'autre occupation que les soins qu'il donnait à son jardin et l'éducation de ses enfants, M. Lenoir s'aperçut bien vite des mauvais penchants de son aîné. Le bon père frémit; il comprit les suites fâcheuses que pouvaient avoir pour l'avenir de Jules, s'ils n'étaient aisément extirpés, les mauvais germes déjà enracinés dans son jeune cœur, et, sans en rien dire à son épouse dont il comprenait l'aveugle tendresse, il se mit résolûment à l'œuvre, espérant réformer le caractère de son enfant et le ramener au bien, sans employer d'autres moyens que la douceur et la persuasion.

Nous verrons plus tard si le succès répondit à son attente.

Et maintenant, lecteur, que vous voilà complétement au fait de la situation, nous allons reprendre le cours de cette histoire.

II

Blanchette.

Par un beau matin du mois de juin, tout embaumé des senteurs des roses, des œillets, des jasmins, des lilas, et de mille autres fleurs qui encombraient les parterres, les deux enfants s'amusaient tranquillement à taquiner Blanchette, la chèvre d'Adrien.

Le jeune Lenoir s'amusait de tout cœur; le jardin retentissait de son rire joyeux et argentin. Blanchette bondissait capricieusement, se faisait poursuivre par les enfants; puis, revenait, haletante, se coucher aux pieds d'Adrien, passant sa langue rose sur les petites mains de son maître.

Jules ne disait rien : évidemment, il méditait quelque méchanceté.

M. Lenoir, voyant ses garçons si tranquilles, s'était retiré dans son cabinet ; Mme Lenoir brodait dans un petit salon donnant sur le jardin.

— Cours, Blanchette ! criait Adrien en frappant ses petites mains l'une contre l'autre, cours !...

La chèvre, obéissante, s'élançait à travers les allées, sans souci des jeunes plantes qu'elle écrasait sous son pied léger. Adrien courait après elle ; mais, hélas ! le jeune Lenoir n'avait que deux jambes bien petites encore, et Blanchette bondissait sur quatre pattes des plus agiles.

Ce jeu était trop paisible pour Jules ; il appela impérativement la chèvre, qui vint craintivement se ranger près de lui, et se tourna vers son frère.

— Adrien, dit l'aîné, nous allons jouer à autre chose ; prends nos cordes et la brouette que papa nous a dernièrement donnée, nous y attèlerons Blanchette.

L'enfant, pour qui tout jeu nouveau était plaisir nouveau, ne se le fit pas répéter deux fois. Il s'élança vers la maison, et revint presqu'aussitôt, poussant une lourde brouette que ses petites mains avaient peine à soulever.

Jules fabriqua un harnais avec les longues cordes; Blanchette se prêta docilement à ce que les enfants exigeaient d'elle, et bientôt le véhicule fut installé.

— Hue! cria Jules en faisant claquer son fouet aux oreilles de la pauvre bête.

Et, poussant sur la roue, il mit la voiture en marche.

Ils firent ainsi le tour du jardin. Blanchette, incommodée par les cordes qui commençaient à lui entrer dans les chairs, tirait néanmoins avec courage. Adrien, d'ailleurs, l'aidait en poussant sur la roue.

— Halte! cria Jules.

La bête obéit avec empressement et tourna vers son jeune maître un œil suppliant.

— Chargeons la voiture, reprit Jules; c'est ennuyeux de marcher à vide.

— Non, fit doucement Adrien, la pauvre Blanchette est déjà fatiguée, et je suis sûr qu'elle en a assez.

— Imbécile, va! reprit Jules en haussant les épaules; elle s'amuse autant que nous.

— Tu crois? demanda naïvement Adrien.

— Tiens! sans ça elle ne jouerait pas.

Et Jules se mit en devoir de remplir la brouette de terre.

— Assez, assez, suppliait Adrien.

Mais son frère ne l'écoutait pas ; il continua jusqu'à ce que la brouette fût complétement remplie.

— En route ! commanda-t-il alors en abandonnant la bêche pour reprendre son fouet.

Blanchette se raidit sur les jarrets et tira de toutes ses forces ; mais la brouette, trop pesamment chargée, ne bougeait pas plus que si elle eût été enracinée au sol.

— En route ! reprit l'enfant avec un geste d'impatience.

La bête essaya encore, mais sans plus de succès, d'ébranler la voiture.

— Elle marchera, s'écria Jules en fronçant les sourcils, elle marchera, quand je devrais la rouer de coups...

Et joignant le geste à la parole, il fit pleuvoir sur les flancs de la malheureuse bête une grêle de coups de fouet. Adrien voulut défendre sa chèvre et délier les cordes qui la retenaient contre la brouette. Jules le repoussa durement et continua de frapper, en criant d'une voix sauvage :

— En route ! en route !...

— Grâce pour elle, murmura Adrien tout en larmes, grâce pour elle ou je le dirai à papa....

— Ah ! tu rapporteras, mouchard !... Tant pis, ta chèvre paiera pour toi.

Il recommença ses brutalités. Blanchette, poussant un bêlement plaintif, essaya de pousser en avant ; les cordes lui coupèrent les chairs, et elle tomba sur le flanc, la bouche ouverte, la langue pendante.

— Mon Dieu !... elle est morte ! s'écria Adrien en essayant de soulever la malheureuse bête.

Jules, les bras croisés, le sourire aux lèvres, regardait tranquillement la chèvre étendue à ses pieds.

— Non, fit-il avec calme, elle n'est qu'évanouie ; nous allons la plonger dans la rivière pour la faire revenir à elle.

— Enfant sans cœur ! fit une voix derrière lui.

Jules se retourna, prêt à apostropher celui qui, sans en être prié, venait se mêler à la conversation ; mais son arrogance se changea bien vite en effroi quand, dans le nouveau venu, il reconnut son père.

C'était, en effet, M. Lenoir. De la fenêtre de son cabinet, il avait aperçu une partie de la scène, et s'était empressé de descendre pour mettre un terme à ce jeu cruel.

Le visage du digne négociant était empreint d'une douloureuse tristesse ; il releva son petit Adrien qui pleurait, et délia la pauvre Blanchette.

— Elle vit !... elle vit ! s'écria joyeusement l'enfant, en voyant la chèvre rouvrir les yeux.

Et, courant à elle, il la combla de caresses et de baisers.

M. Lenoir était toujours sévère ; il embrassa son fils et se tourna vers Jules.

— Tant qu'à vous, Monsieur, lui dit-il d'une voix glacée, je désespère de pouvoir jamais vous ramener au bien ; cette tâche est au-dessus de mes forces, j'y renonce. Dans trois jours, vous partirez pour le petit-séminaire de Pont-Croix. Je vous remets entre les mains des bons Pères, espérant qu'ils parviendront à vous dompter.

— Grâce ! supplia Jules en tombant à genoux.

— Non, Monsieur, point de grâce pour l'enfant cruel qui abuse de la force et de l'intelligence que le Ciel lui a données pour martyriser indignement les êtres plus faibles que lui ! point de grâce pour le fils indigne qui ne craint pas de chagriner ses parents par une conduite que Dieu réprouve ! point de grâce pour le mauvais frère !... Vous quitterez la maison, et n'y rentrerez que le jour où votre conduite passée répondra de votre conduite à venir. En attendant, poursuivit le négociant, vous resterez enfermé dans votre chambre ; la solitude vous donnera de bons conseils, celui peut-être de ne pas tenter une résistance inutile.

Jules ne répondit pas : les méchants sont toujours lâches ; il pleura.

— Père, dit doucement le petit Adrien, effrayé de la parole brève et impérative de M. Lenoir, pardonne-lui, il ne le fera plus.

— Oh! non, je le jure.

— Ne jurez pas, Monsieur, vous m'avez trop souvent menti pour que j'aie foi en vos serments..... D'ailleurs, vous devez savoir que je ne reviens jamais sur une juste détermination.

Et M. Lenoir, prenant son fils par le bras, le conduisit dans la chambre qu'il occupait au premier étage de la maison.

— Travaillez, Monsieur, lui dit-il en le quittant, et surtout priez le Seigneur d'avoir pitié de vous ; vous en avez besoin.

Ce fut avec un sentiment de rage que Jules entendit la porte se refermer et son père s'éloigner.

— Oh! non, murmura-t-il en se jetant sur son lit, je n'irai pas à ce collége maudit, non !

III

La fuite.

M. Lenoir avait quitté Jules profondément peiné. Ce fils, sur lequel il avait basé tant de douces espérances, n'était plus, à ses yeux, qu'un être indigne, et si, dans le fond de son cœur, il conservait quelque espoir de le voir ramené dans la bonne voie, cet espoir était, hélas ! bien petit.

Rentré dans son cabinet, il écrivit au supérieur du petit-séminaire de Pont-Croix, collége renommé dans tout le Finistère pour la bonne éducation et les principes justes et religieux inculqués aux enfants, une longue lettre dans laquelle, en donnant tous les détails nécessaires sur le caractère de son fils, il priait le bon Père de vouloir bien le recevoir au nombre de ses élèves.

Cela fait, il descendit près de Mᵐᵉ Lenoir, lui raconta la scène du jardin et la détermination qu'il venait de prendre.

— Je sais bien, dit-il en terminant, qu'il est douloureux pour une mère de se séparer de son enfant; mais il le faut. Jules ne nous craint pas assez; jamais nous ne pourrons l'assouplir, et les bons Pères, alliant la douceur à la fermeté, sauront faire naître, dans son âme, les sentiments du devoir.

Mme Lenoir, bonne jusqu'à la faiblesse, courba tristement la tête; car, malgré ses défauts, elle chérissait Jules autant que son petit Adrien. Pourtant, elle n'essaya pas de combattre la résolution de son époux, comprenant qu'il était temps qu'une étroite surveillance et une sévère discipline missent un frein aux méchancetés sans cesse renaissantes de son fils.

Pendant que les parents affligés causaient dans le petit salon du rez-de-chaussée, Jules, de son côté, prenait une résolution. Le malheureux enfant entendait toujours résonner à ses oreilles ces mots fatals : « Vous quitterez la maison, » et il songeait avec terreur qu'il lui faudrait vivre bientôt de la vie réglée et laborieuse du collège, et se soumettre à la discipline juste, mais sévère, des bons Pères de Pont-Croix.

Avouons que, pour un paresseux, cette perspective n'était pas des plus agréables. Aussi, au lieu de reconnaître sa faute, de se soumettre à l'arrêt paternel, quitte à fléchir ses parents par une conduite opposée à celle qu'il avait tenue jusque-là, de chercher dans la prière les forces qui lui manquaient, il se révolta.

— Non, murmura-t-il encore, je n'irai pas dans ce collége maudit !

Il fouilla dans la bourse contenant ses économies, et trouva dix-huit francs.

— Dix-huit francs! fit-il dans son ignorance des besoins de la vie, avec ça on va loin....

Puis il s'étendit de nouveau sur son lit, attendant la venue de la nuit pour mettre son projet à exécution.

A six heures, un domestique vint lui apporter son souper et de la lumière. Il posa le plateau sur une petite table, et s'approcha du lit.

— Dormez-vous, M. Jules? demanda-t-il doucement.

L'enfant ne répondit pas.

— C'est étrange, murmura le domestique, ordinairement il n'est pas si résigné; la menace aura fait son effet.

Et pour ne pas réveiller l'enfant, il sortit sur la pointe des pieds, ayant soin, toutefois, de verrouiller la porte.

Le valet était à peine sorti que Jules était debout; il toucha à peine aux aliments qu'on lui avait servis, tant son agitation était grande, et s'approchant de la fenêtre, il plongea son regard dans le jardin.

Le jour tombait par degré; peu à peu les

nuages grisâtres semblèrent se souder l'un à l'autre ; l'ombre s'étendit de plus en plus , et la nuit vint complétement, sans autre clarté que quelques étoiles diamantées qui semblaient perdues dans l'immense étendue.

Au loin, semblables à des feux follets, quelques lumières se mouraient sur la rivière. C'étaient les habitants de B*** qui profitaient du calme et de l'obscurité de la nuit pour essayer de captiver les truites et les anguilles qui foisonnaient dans la vase.

Jules vit aussi le vieux concierge , son fusil sous le bras , une lanterne à la main , faire , escorté de ses chiens , sa tournée de surveillance dans le jardin et fermer soigneusement la grille.

Puis tout se tut peu à peu , et l'on n'entendit d'autre bruit que le murmure du vent dans les feuilles des peupliers plantés en rideau le long de la rivière , et les vibrations des cloches de la petite église qui sonnaient l'*Angelus*.

Jules ouvrit doucement la fenêtre , rassembla à la hâte, sans choix ni discernement, une partie de ses habits , et défaisant les draps de son lit, les attacha l'un à l'autre au moyen d'un nœud solide.

Il jeta alors son paquet dans le jardin, noua les draps contre l'appui de la fenêtre, et, se suspendant à ce cordage improvisé, se laissa doucement

glisser jusqu'à terre. Un seul étage séparait la
fenêtre du sol ; la descente n'offrait donc aucune
difficulté ; Jules fut bientôt dans le jardin. Les
chiens, apercevant une ombre, coururent à elle,
l'œil enflammé, la gueule ouverte. Jules les appela
doucement, et les mâtins, reconnaissant leur
jeune maître, l'escortèrent en gambadant à ses
côtés.

— Paix, Turc ! Silence, Dog ! murmurait
Jules en passant la main sur la tête des chiens
et tremblant de peur qu'ils n'eussent donné
l'éveil.

Mais Dieu avait détourné son regard de ce
fils coupable, car aucun obstacle ne vint en-
traver sa fuite. Cependant ce n'était pas tout
d'être dans le jardin, il fallait en sortir. Jules
réfléchit quelques minutes, et ne trouve d'autre
expédient que de gravir le mur de clôture à l'aide
de l'échelle du jardinier, ce qu'il fit avec bonheur.

Les chiens, étonnés de le voir disparaître ainsi,
donnèrent l'éveil, mais trop tard : le déserteur
courait déjà sur la grand'route. Où allait-il ? Il
l'ignorait lui-même ; il ne fuyait qu'une chose,
le collége dont la seule idée le faisait frissonner
de terreur.

Il traversa en courant le village, redoutant
d'être reconnu par quelques-uns de ses habitants ; mais tout dormait dans ce bourg paisible,

et le fugitif ne fit aucune mauvaise rencontre,
si ce n'est le tricorne du garde-champêtre, qu'il
entrevit dans le lointain. Malheureusement le
digne fonctionnaire avait la vue extrêmement
basse, et Jules, s'enfonçant dans une ruelle
sombre, évita cet écueil dangereux.

La silhouette du garde perdue dans la nuit,
Jules sortit de la ruelle protectrice, et reprit sa
course, abandonnant au hasard le soin de le
guider. Tout à coup, il s'arrêta plein de terreur
et d'hésitation : il était sur la lisière du bois; son
œil, cherchant à pénétrer l'obscurité, n'apercevait
que des troncs noirs et difformes, des taillis épais,
auxquels la nuit prêtait les formes les plus
étranges.

Il n'osait s'enfoncer sous le bois et reculait
déjà, quand l'image du collège se présenta à son
esprit comme une vision terrible.

— Non, murmura-t-il, jamais !

Et rassemblant le peu de forces qui lui res-
taient, il poussa en avant.

Dès le premier abord, la forêt, plantée
d'arbres éloignés les uns des autres, n'avait
rien de bien effrayant; mais, peu à peu, les
troncs semblèrent se rapprocher, les taillis
s'épaissirent, et l'on n'apercevait plus que
quelques rares échappées du ciel à de non
moins rares intervalles.

Les hôtes du bois, les corbeaux et les chouettes croassaient, houhoulaient à la cime des vieux hêtres ; ces cris avaient quelque chose de lugubre au milieu de la nuit. On entendait aussi des animaux légers froisser, dans leurs courses folles, les feuilles sèches jonchant le sol. Jules frissonnait ; les vieilles légendes et les contes fantastiques, que sa vieille nourrice lui débitait le soir pour l'endormir, lui revinrent à l'imagination déjà exaltée par l'heure, le site où il se trouvait. Il voulut revenir en arrière ; mais son esprit frappé se trompa de chemin, et il erra pendant deux heures, revenant toujours à la même place, comme le voyageur tournant sans cesse et sans pouvoir s'en éloigner, autour de cette sinistre mare du diable, dont il est tant parlé dans les vieilles chroniques bretonnes.

Alors, comprenant que seul il était impuissant à retrouver son chemin, il s'agenouilla sur le sol et pria le Seigneur. Mais la leçon n'avait pas été assez profitable, et Dieu, sans doute, lui réservait d'autres épreuves. Quoi qu'il en soit, ce cri du cœur vers le Maître tout puissant le fortifia un peu, et il reprit courageusement sa route.

Déjà il se reconnaissait ; derrière ces arbres il devinait la route, quand tout à coup il s'arrêta frappé de stupeur.

Au loin, il apercevait un immenseb rasier, lançant au ciel des nuages de flammes et de fumée ; les arbres environnants tordaient leurs branches et prenaient des proportions effrayantes. Autour du brasier, des hommes, ou plutôt de noirs démons armés de longues fourches, attisaient encore la flamme rougeâtre.

Jules poussa un cri et s'enfuit de nouveau sous le bois. Pourtant la chose était des plus naturelles ; ceux que l'enfant, dans sa superstition naïve, avait pris pour des êtres surhumains, étaient tout simplement de braves charbonniers se livrant en pleine forêt à leur pénible industrie.

Jules s'enfuyait toujours. Combien de temps dura cette course désordonnée, c'est ce que nous ne pouvons dire ; mais le jour n'avait pas encore paru que Jules, brisé de fatigue et mourant de faim, se trouvait assis sur un de ces tas de pierres que les cantoniers rangent le long des grand'routes pour leur entretien.

Où conduisait cette route?... Etait-ce celle du village qu'il venait de quitter ?... L'enfant l'ignorait ; n'étant jamais sorti qu'en compagnie de ses parents, ou sous la conduite d'un domestique, il ne connaissait que de nom les environs de B***.

Mais que lui importait?... La route, éclairée

par les pâles rayons de la lune qui venait de se lever, déroulait devant lui son ruban sinueux : la liberté !... Avec l'obscurité, les terreurs du bois s'étaient évanouies ; il ne pensait presque plus à retourner à la maison paternelle. Malgré sa lassitude et la faim dévorante qu'il ressentait, Jules allait se lever et tâcher de s'orienter quand, au loin, il entendit comme un roulement sourd accompagné de claquements de fouet et de tintement de grelots.

— Sauvé ! s'écria-t-il en jetant son chapeau en l'air, sauvé ! voici une voiture.

IV

L'illustre Bobèche.

C'était, en effet, une voiture qui s'avançait au trot vigoureux de deux forts chevaux entièrement noirs, mais quelle voiture !... Jules n'en avait jamais vu de pareille.

Qu'on se figure une immense caisse plus longue que large, portée sur quatre petites roues, avec des portes, des fenêtres comme une véritable maison. Un tuyau de poêle, d'où s'échappait un magnifique panache de fumée, sortait même du toit de cet étrange véhicule. Les chevaux, bêtes puissantes, portaient des harnais bizarres, où dominaient les plumets et les grelots, qui, à chaque mouvement, faisaient entendre un son joyeux et argentin. L'homme qui conduisait, vêtu du traditionnel costume en toile à matelas, avec le chapeau pointu et la queue rouge obligée, chantonnait, sans doute pour ne point s'endormir.

Jules n'eut pas le temps de remarquer ces détails, que nous consignons ici afin d'éviter des redites fâcheuses; car, au risque d'être écrasé, il se précipita au-devant des chevaux en criant :

— Arrêtez ! arrêtez !...

Les chevaux, effrayés, se cabrèrent et reculèrent, et il fallut tout le sang-froid et l'adresse du cocher à l'habit bariolé pour les empêcher de s'emporter.

— La peste soit de l'imbécile ! fit-il d'une voix moitié colère, moitié railleuse.

— Je suis fatigué, reprit Jules; pouvez-vous me donner une place dans votre voiture ?... je la paierai.

— Quoi ! fit doucement le paillasse, un moutard seul, à pareille heure, sur la grand'route?...

Puis il ajouta d'un ton presque suppliant :

— Fuyez, malheureux enfant, fuyez, ou....

— Qu'est-ce? interrompit une voix éraillée.

En même temps, une des petites fenêtres
s'ouvrit, et une tête, coiffée d'une perruque
poudrée, surmontée elle-même d'un chapeau de
général à panache multicolore, se pencha sur
la route.

Jules voulut répondre ; mais l'homme ne lui
en donna pas le temps ; passant un bras énorme
et musculeux, terminé par une main mons-
trueuse, il le saisit par le collet de sa veste, et,
l'enlevant sans effort, le fit passer par la fenêtre.

— En route, cria-t-il au postillon, et vivement....

Puis s'adressant à Jules :

— Voyons, qui es-tu ? et pourquoi te pro-
mènes-tu à deux heures du matin, la canne à
la main, sur les grand'routes ?

L'enfant, étourdi de la manière brusque et
originale avec laquelle il avait été introduit dans
cette maison roulante, ne répondit pas d'abord.

Il promena un regard curieux sur les objets
qui l'environnaient. La chambre, semblable par
sa disposition à une cabine de navire, était
meublée avec un certain luxe disparate, qui la
rendait plus étrange encore. Deux rangées de
couchettes superposées faisaient le tour de la
cloison ; un poêle de fonte aux ornements de
cuivre, deux vieux fauteuils, une table recou-
verte d'un tapis en loques, des malles et des

guenilles aux couleurs éclatantes, étendues sur
des cordes achevaient de fixer l'esprit sur la
profession des habitants de cet étrange logis.

Cinq ou six enfants, vêtus d'oripeaux bariolés,
dormaient étendus pêle-mêle sur le plancher.

L'homme, dont nous avons essayé d'esquisser
la tête, attendait, assis dans un fauteuil, les
mains sur les genoux. Il pouvait avoir quarante
ans; ses traits fatigués et contractés annonçaient
une vieillesse précoce. Il portait un habit
écarlate étincelant de dorures, un pantalon
de peau et de grandes bottes à l'écuyère.

En face de lui, surveillant la cuisson d'un
morceau de veau qui chantait sur le poêle, était
une femme jeune encore, mais dont le visage
pâle et flétri annonçait une vie de privations et de
misère. Son costume, moins éclatant que celui
de l'homme au panache, se composait d'une
vieille jupe de soie marron et d'un caraco en
velours bleu orné de paillettes argentées. Un observateur attentif aurait surpris les regards de
compassion qu'elle jetait sur le malheureux
Jules.

Le lecteur l'a sans doute deviné, Jules était
tombé au pouvoir d'une troupe de saltimbanques
nomades. En effet, telle était la profession de
l'illustre Bobèche, l'homme au panache, et de
la princesse Césarine, son épouse. L'homme qui

conduisait la voiture se nommait Thomas, et les enfants appartenaient à Bobèche, ou provenaient d'enlèvements faits par le saltimbanque dans les villages où le conduisait sa vie errante.

Bobèche, dont le vrai nom était Laudic, se livrait d'ailleurs à d'autres industries, que le lecteur connaîtra en temps et lieu.

— Allons, reprit le saltimbanque en grossissant sa voix déjà formidable, d'où viens-tu ?

— Grâce ! s'écria l'enfant en se jetant aux genoux du saltimbanque.

— Quelle mouche te pique, moutard ? railla ce dernier ; voyons, parle....

Jules raconta en peu de mots ce qui s'était passé depuis la veille au matin, et finit en conjurant Laudic de le reconduire à la maison de son père.

— Allons, sèche tes larmes, petit, dit la femme d'une voix un peu dure mais affectueuse ; on te reconduira à tes parents, n'est-ce pas, Laudic ?

— Comment donc ! fit ironiquement le saltimbanque, cela ne souffre pas de doute. En attendant, poursuivit-il, approche, nous allons procéder à une visite domicilière dans tes poches, histoire de savoir si mes frais de voyage me seront payés.

Et, attirant l'enfant à lui, il fouilla rapidement dans toutes les poches de son habit.

— Laudic! s'écria la femme en se soulevant à demi.

— Hein! qui ose élever la voix quand je parle? fit le saltimbanque en fronçant les sourcils.

La femme poussa un soupir triste et résigné; Bobêche continua ce qu'il appelait sa visite domiciliaire.

— Dix-huit francs! une montre! fit-il avec un sourire satisfait. Allons, je n'ai pas perdu mon temps en ramassant ce marmot.

Il fit disparaître l'argent et la montre dans les vastes poches de son gilet, et reprit, en s'adressant à Jules interdit :

— Va reposer à côté de ces marmots, et surtout pas de chamaille! Demain, nous te reconduirons à ton père.

Jules obéit : Bobêche lui en imposait.

A ce moment, la voiture, passant sur un tas de cailloux, oscilla; Jules, peu habitué à ce *rouli terrien*, perdit l'équilibre et tomba sur les enfants endormis; ceux-ci, brusquement réveillés, accueillirent à coups de poings l'importun qui venait troubler leur sommeil. Jules alla tristement s'étendre dans un autre coin, en proie aux plus tristes réflexions. Il murmura quelques

mots de prière, et, vaincu par la fatigue , s'endormit bientôt, bercé par le balancement de la
voiture.

Bobèche se leva et écouta un instant s'il dormait véritablement ; la respiration douce et égale
de l'enfant ne lui laissa pas de doute à cet égard.
Il sourit méchamment, et revint prendre sa
place auprès du poêle.

— Çà, dit-il en étendant les bras, la nuit creuse
rudement ; soupons.

Césarine enleva la casserole qui chantait sur
le feu , tira, d'une caisse bourrée de comestibles
et d'ustensiles de ménage, deux assiettes un peu
écornées, des verres, une bouteille et des cou-
verts de fer ; puis elle plaça sur la table du pain
et du fromage.

Pendant quelques minutes, on n'entendit que le
bruit des mâchoires, mêlé au tintement des four-
chettes et des couteaux contre les assiettes.
Enfin, Bobèche, complétement repu, repoussa la
table , et, s'enfonçant plus profondément dans
son fauteuil, tira de sa poche une pipe recourbée
et se mit à fumer avec délices.

Césarine, depuis longtemps habituée à ces
façons, n'osait l'interrompre, attendant qu'il
daignât lui adresser la parole.

V

Un intérieur de saltimbanques.

Enfin, l'illustre Bobèche daigna parler.

— Césarine, dit-il, rassemble les restes de notre souper, et passe cela à Thomas ; le pauvre garçon doit avoir une faim d'enragé.

Césarine obéit ; elle passa, par un petit guichet donnant sur le devant de la voiture où se tenait le paillasse, une assiette et un verre plein ; cela fait, elle revint s'asseoir près de son mari.

— Voyons, Laudic, fit-elle doucement, que comptes-tu faire de cet enfant ?

— Parbleu, ricana Bobèche, le garder.

— Songe à l'inquiétude de ses parents.

— Fadaise !

— Mais, poursuivit Césarine qui voulut attaquer Bobèche par son endroit sensible, à en juger par les vêtements, la montre et l'argent que portait ce pauvre petit, il doit appartenir à des gens fort riches, et en le ramenant, tu serais en droit d'exiger une forte récompense.

Bobèche, enveloppé d'un épais nuage de fumée qui infectait l'air, parut réfléchir profondément.

— Non, dit-il tout à coup, ni pour or ni pour argent je ne céderai ce gamin à la mine si futée; il remplacera à merveille cet imbécile de l'Eveillé, qui a fait la sottise de se casser la patte au saut du tremplin. C'est dit, je le garde.

— Mais pourtant, mon ami....

— Pas un mot de plus sur ce sujet, ou sinon....

Bobèche acheva ces paroles menaçantes en faisant siffler une petite cravache toujours à portée de sa main.

En ce moment, une large bande blanchâtre se montra à l'horizon : c'était l'aube. Peu à peu l'obscurité s'évanouit comme un rideau que l'on soulève, les oiseaux commencèrent leurs chants, et les premiers rayons du matin inondèrent la campagne, faisant resplendir comme autant de diamants les gouttes de rosée dont l'herbe était imprégnée.

Bobèche décrocha un cor de chasse et sonna ce qu'il appelait le réveil : mélodie capable, en effet, de réveiller un sourd.

Toutes les têtes ébouriffées apparurent comme par enchantement, de tous côtés surgissaient des figures éveillées, effrontées; Jules, réveillé comme les autres, compta six enfants.

— Allons, marmaille, cria Bobèche de sa voix rude, allons faire notre toilette.

Les enfants se levèrent avec empressement.

Jules aurait bien voulu réciter la prière que sa bonne mère lui faisait dire chaque matin; mais une fausse honte le retint, il n'osa pas.

Prier! c'était d'ailleurs une chose inconnue dans la troupe de l'illustre Bobèche.

Le paillasse avait arrêté la voiture, et toute la troupe, sauf Césarine, alla faire sa toilette au bord d'un ruisseau voisin.

Cette manière un peu primitive de se laver n'était pas tout à fait du goût de Jules; néanmoins il fit, contre mauvaise fortune, bon cœur, et barbota comme les autres dans l'eau fraîche et claire du ruisseau. Les enfants de la troupe avaient déjà oublié la façon peu fraternelle avec laquelle ils avaient accueilli Jules; aussi regardèrent-ils avec étonnement ce dernier dont la venue parmi eux était un véritable mystère.

Bobèche ne s'était pas expliqué à ce sujet, et personne n'osait ouvrir la bouche.

Ordinairement on faisait le matin une ou deux lieues à pied afin d'alléger un peu les chevaux; mais cette fois Bobèche ne le permit pas, il entassa enfants et chiens — car il possédait plusieurs de ces animaux — dans la voiture et fit prendre le grand trot aux chevaux, annonçant que l'on déjeunerait à l'auberge d'un village peu éloigné.

La voiture roulait avec rapidité sur cette

route plate et unie. Les enfants, gênés par l'œil du maître, n'osaient parler, et Jules imitait leur réserve, quoique brûlant de demander si l'on approchait du village où demeuraient ses parents.

On toucha enfin au relai tant désiré. Bobèche, sa femme et le pître descendirent à l'auberge. Pendant que les valets d'écurie dételaient les chevaux, les enfants dévoraient à la hâte le maigre déjeuner de pain et de fromage que Bobèche leur avait fait apporter.

Jules, habitué au luxe, à une chère délicate, fit un peu la grimace; mais, excité par son appétit, il dévora plutôt qu'il ne mangea sa maigre pitance.

Il regarda alors ses jeunes compagnons. Ils étaient six, deux petites filles dont l'aînée avait six ans, la plus jeune quatre à peine; les garçons flottaient entre huit et quatorze ans. Cinq de ces petits malheureux appartenaient à Bobèche; le sixième, petit blondin à la mine triste et maladive, était un malheureux orphelin que le saltimbanque avait rencontré sur une route où il mendiait son pain.

Les petits bohémiens semblèrent se consulter un instant; enfin, le jeune enfant, dont nous avons parlé plus haut, s'approcha de Jules.

— Comment t'appelles-tu? lui dit-il à voix basse.

— Jules Lenoir; et toi?

— Moi, répondit l'enfant avec un triste sourire, je ne sais comment je m'appelais en venant ici.

— Mais tu as un nom?

— Oui, on me nomme *l'Endormi.*

— Drôle de nom, pensa Jules... Mais, reprit-il tout haut, que fais-tu ici?

— Je travaille.

— A quoi?

— A tout, répondit l'enfant, à qui, faute d'autre, nous conserverons le nom de l'Endormi.

La conversation continua encore sur ce ton. Jules apprit que l'aîné des fils de Bobèche se nommait Fanfan, les deux autres Gringalet et Bobin, et les deux petites filles, brunes comme de petites Espagnoles, Mariette et Marion.

Elles étaient toutes deux si gentilles, leurs petits visages frais et rosés étaient si identiquement semblables que, sans la différence d'âge, on eût pu les prendre l'une pour l'autre; leurs yeux noirs et roulés sous de longs cils respiraient la douceur et la naïveté. C'était pitié de voir ces deux petits anges au pouvoir d'un misérable comme Bobèche.

Les enfants causaient toujours, et la conversation se serait prolongée sans l'arrivée du saltimbanque.

— En route, dit-il, les chevaux ont reposé, et nous avons une longue traite à fournir avant d'arriver au but.

Puis, voyant Jules qui parlait tout bas à l'Endormi,

— Ah! dit-il, on a fait connaissance?... tant mieux... causez, jabotez, amusez-vous, mais pas de bruit, ou gare à la cravache!...

Après ces paroles judicieuses, le saltimbanque monta lestement dans le petit compartiment du devant, rassembla les rênes et fouetta ses bêtes, qui prirent le grand trot.

VI

Jules saltimbanque.

La voiture courait sur une route poussiéreuse et monotone, sans arbres, sans maisons. La journée s'annonçait belle, quoiqu'un peu lourde. Bobèche paraissait joyeux; il sifflottait une vieille chanson de tréteaux, et se plaisait à faire courir son attelage, écoutant le tintement des grelots.

Le vin que le saltimbanque avait bu en grande quantité pendant son déjeuner, entrait pour beaucoup dans sa gaîté.

Tout à coup il lui vint une idée.

— Eh ! Césarine, cria-t-il en entr'ouvrant le petit guichet communiquant avec la chambre, fais venir le moutard.

Cinq minutes après, Jules était en présence du maître.

— Assieds-toi ici, garçon, dit le saltimbanque en désignant la banquette sur laquelle il était lui-même assis, et causons.

Jules répondit à cette invitation en gardant le plus profond silence.

— Voyons, reprit le saltimbanque, te plairait-il d'entrer dans ce collége que tu as fui ?

— Non, dit Jules en frissonnant.

— Et qui sait ?... ton père, mécontent de ton escapade, te fera peut-être enfermer dans une maison de correction.

Jules ouvrit de grands yeux.

— Sais-tu ce que c'est qu'une maison de correction ? poursuivit Bobèche. Non, n'est-ce pas ?... Eh bien, c'est un lieu, une prison où l'on corrige les petits mauvais sujets ; serais-tu content de demeurer là jusqu'à l'âge de vingt et un ans ?

— Non, dit Jules qui frissonna encore plus.

— Alors, garçon, reste avec nous ; tu seras nourri, logé, vêtu, avec luxe et élégance, de cachemire, de velours, de dentelles et de peaux de chats.

Cette perspective brillante éblouit l'enfant; il regarda Bobèche, dont l'habit râpé, les dorures ternies lui semblèrent l'apogée du luxe.

— Rien à faire, pour ainsi dire, continua Bobèche, si ce n'est quelques singeries devant le public qui délie les cordons de sa bourse et fait pleuvoir sur nous, sous, gros sous, pièces blanches et voire même des louis d'or. Voyager dans une belle voiture, histoire de ne pas user ses souliers, quelle vie agréable!... Voyons, ne te tente-t-elle pas?...

— Non, dit Jules en hésitant, je préfère retourner près de mes parents.

— Nigaud! pour qu'ils te fassent payer cher ton escapade de la nuit passée.... Tiens... j'aperçois des gendarmes... pour sûr, ils te cherchent!...

La route était déserte, mais la peur obscurcit les yeux, et Jules crut sérieusement entrevoir les chapeaux galonnés des fonctionnaires publics. Bobèche le fit cacher derrière lui, jusqu'à ce que les gendarmes supposés fussent passés.

— Eh bien?... dit-il d'un air narquois, acceptes-tu mes offres?

Le malheureux enfant ne répondit qu'en inclinant tristement la tête.

Bobèche jeta un cri de joie, et, enveloppant

ses chevaux d'un triple coup de fouet, leur fit prendre une allure effrayante.

Considérez, cher lecteur, la position fatale que le malheureux enfant embrassait volontairement. Sans courage, sans résignation, et surtout sans espoir en Celui qui veille là-haut, que va-t-il devenir ?...

Pendant trois jours, la voiture ne cessa de rouler, traversant villes et villages, sans que Bobèche songeât à diminuer la vélocité de son allure. On le comprend, le saltimbanque avait hâte de quitter le département, certain alors que personne ne le tracasserait au sujet de l'enlèvement qu'il venait de commettre.

Jules avait été solennellement baptisé *l'Éveillé*. Pour prouver qu'il lui appartenait désormais, Bobèche l'avait vêtu d'une veste de velours rouge qui lui tombait sur les talons, d'une culotte de montagnard, large et bouffante, et coiffé d'un superbe berret orné d'une magnifique plume de coq.

Ainsi costumé, l'enfant ne regretta pas les vêtements commodes et élégants qu'il venait de quitter ; sa vanité se plaisait, au contraire, à admirer les oripeaux dont le *maître* — car c'est ainsi que dans la troupe on nommait Bobèche — l'avait couvert.

Le saltimbanque, ayant pour maxime qu'on

ne doit jamais rien brusquer, commença par
s'attacher l'enfant en le traitant avec douceur,
et surtout en lui faisant entrevoir un avenir
prochain de gloire et de fortune. Jules, ingrat
comme tous les enfants sans cœur, oublia
bientôt et son père, dont la juste sévérité était
loin de lui plaire, et sa mère et son frère, et
l'inquiétude qu'ils devaient ressentir.

Le troisième jour, vers le soir, la voiture
entra dans un bourg considérable, à en juger
par la quantité de pignons que l'on entrevoyait
dans l'obscurité. Bobèche fit arrêter la voiture
en face du poste de gendarmerie et descendit
pour faire viser ses papiers.

— Salut, dit le saltimbanque en entrant dans
le poste où quatre gendarmes occupaient leurs
loisirs en fumant force pipes.

— Tiens, c'est vous, père Bobèche? fit une
vieille moustache grise; il y a longtemps qu'on
ne vous a vu!...

— Trois ans; mais où est le brigadier?...

Un gendarme appela le sous-officier, qui vint
aussitôt. Bobèche lui tendit son passe-port sur
lequel étaient mentionnés l'âge, la profession du
saltimbanque et l'effectif de sa troupe.

— Trois grandes personnes et sept enfants, dont cinq à vous et deux orphelins,
père Bobèche, dit le brigadier en s'appro-

chant de la lampe qui éclairait la pièce.

— Oui, mon brigadier. Pierre Maiziou, dit l'Endormi, douze ans, et Gustave Roudot, dit l'Eveillé, dix ans.

— C'est bien ça, dit le sous-officier en rendant le papier à Bobèche.

Et prenant une lanterne, il sortit, afin de jeter un coup d'œil dans la voiture. Tout y était comme le saltimbanque venait de le dire.

Le lecteur a entendu Bobèche et sa femme parler d'un certain l'Eveillé, qui s'était cassé la jambe en se livrant à quelque exercice périlleux. L'enfant était resté à l'hôpital de la ville où l'accident était arrivé, et Bobèche, forcé de partir subitement, l'avait abandonné; les papiers du petit malheureux étaient encore en la possession du saltimbanque, qui substitua adroitement — comme s'il se fût agi d'un tour d'escamotage — Jules à l'Eveillé.

— Bonsoir, brigadier, dit Bobèche en posant la main sur la bride de ses chevaux.

— Bonsoir, vieux farceur, et bonne chance.

— Merci.

Le brigadier rentra au poste, et Bobèche conduisit sa voiture à l'hôtellerie du *Lion-Couronné,* où il était connu et où il avait coutume de descendre à chacune de ses haltes dans ce village.

VII

Douleur paternelle.

Jetons un rapide coup d'œil en arrière, et revenons à B***, près des époux Lenoir.

Rien ne saurait peindre le désespoir des pauvres parents quand, le lendemain, ils s'aperçurent que Jules avait disparu.

Les draps encore attachés à la fenêtre, les tiroirs en désordre, les habits enlevés ne laissaient aucun doute sur le sort de l'enfant : Jules s'était volontairement enfui de la maison paternelle. Quelle direction avait prise le fugitif ?... il s'était évidemment enfui dans la nuit. Le garde-champêtre, interrogé, répondit qu'il n'avait rien vu de suspect en faisant sa tournée du soir.

M. Lenoir se rendit à la ville la plus voisine, fit jouer le télégraphe dans toutes les directions et prévint les autorités des villes et des villages environnants du signalement exact du fugitif ; mais il ne put recueillir aucun indice : Bobèche était trop habile pour se trahir.

Une pensée terrible serra alors le cœur du négociant : son fils était peut-être mort.... en voulant traverser la rivière, il s'était peut-être noyé !... Pendant huit jours, on fouilla et refouilla les environs. M. Lenoir, monté sur une petite barque, surveillait lui-même le curage de la rivière ; mais, pas plus que les autres, ses recherches n'eurent de succès.

Cela rendit un peu d'espoir au pauvre père ; il redoubla d'efforts : la gendarmerie fut mise en campagne, et une grosse récompense fut promise à qui donnerait le moindre renseignement sur le sort du fils coupable.

Hélas ! est-il besoin de le dire, Jules était trop bien caché sous l'habit de paillasse dont Bobèche l'avait affublé pour être reconnu de ses proches, à plus forte raison par des étrangers.

Quand tout espoir de retrouver Jules fut perdu, M. Lenoir tomba dans un profond accablement : ses cheveux blanchirent complétement, sa taille se voûta ; en un jour, il vieillit de dix années.

Certes, une personne qui l'avait vu quelques mois auparavant ne l'aurait pas reconnu quand, appuyé sur sa canne, il se dirigeait d'un pas chancelant vers la maison du Seigneur, pour verser à ses pieds la tristesse et les larmes qui remplissaient son cœur.

Et la pauvre mère ?... Sa douleur, à elle, était d'autant plus poignante qu'elle se croyait la cause des malheurs arrivés sous son toit. Elle se reprochait sans cesse sa fatale faiblesse pour les fautes de son fils, et se disait que, sans cette complaisance, Jules serait encore parmi eux ! Mais Dieu a donné aux femmes, aux mères surtout, cette force morale, cette résignation dans la douleur, qu'il refuse parfois aux hommes. Mᵐᵉ Lenoir enfouit au plus profond de son cœur les souffrances qui la torturaient, cacha ses angoisses et eut encore le courage de consoler son époux.

Quelques jours après la fuite de Jules, arriva un événement qui rendit un peu d'espoir aux parents affligés.

Un garde-chasse vint porter à M. Lenoir un petit paquet qu'il avait trouvé dans le bois ; le pauvre père reconnut les objets qu'il contenait pour appartenir à son fils. Jules n'était donc pas mort ?... Cette pensée raffermit l'espérance dans le cœur du pauvre négociant ; il redoubla d'efforts et de persévérance dans ses recherches, mais toujours sans succès.

Ce dernier désillusionnement fut le plus terrible.

Un beau matin, les habitants de B*** furent surpris de voir les portes du manoir fermées, et, sur les volets, une affiche jaune annonçant la mise en vente de la propriété.

Les commentaires allèrent leur train : chacun apporta sa version ; mais, sauf le notaire, que le négociant avait chargé de vendre sa maison, personne ne sut ce qu'était devenue la famille Lenoir.

Les plus raisonnables, les fortes têtes du village, supposèrent que le négociant voyageait pour tâcher d'oublier un peu.

Avaient-ils tort ou raison ?... C'est ce que la suite de cette histoire nous apprendra.

Quoi qu'il en soit, le manoir ne tarda pas à trouver un acquéreur. Il fut vendu à un riche Anglais, qui remplit bientôt le paisible village du bruit de son luxe et de son opulence. La famille Lenoir fut vite oubliée, et c'est à peine si, de temps en temps, quelques commères parlaient du manoir et du drame qui s'y était passé.

Ce tribut payé à la légitime curiosité de nos lecteurs, nous allons abandonner le village et suivre Jules dans les différentes péripéties de sa vie aventureuse.

VIII

L'Eveillé et l'Endormi.

GRANDE TROUPE ACROBATIQUE
SOUS LA DIRECTION DE L'ILLUSTRE BOBÈCHE
SURNOMMÉ LE ROI DES ACROBATES
DEMAIN, JEUDI
GRANDE ET BRILLANTE REPRÉSENTATION

Telle était l'affiche placardée aux quatre coins du village.

Bobèche s'était décidé, afin de remplir un peu sa bourse qui commençait à se vider, à donner des représentations dans toutes les bourgades qu'il traverserait désormais. C'est pourquoi, dès le lendemain de son arrivée au bourg dont il a été question plus haut, le pître et lui commencèrent à planter des perches sur le marché aux bestiaux, terrain que l'administration de la commune leur avait généreusement concédé.

La baraque entière fut bientôt montée, sous les regards curieux d'une multitude de badauds, venus pour admirer les grandes toiles, brossées avec plus de fantaisie que de talent, et représentant des personnages fantastiques, des êtres imaginaires éclos sous le pinceau excentrique d'un rapin à sec.

Une échelle de douze marches conduisait à l'intérieur de la baraque; sur le devant, Bobèche rangea tous les instruments de musique qu'il possédait : tambour, grosse-caisse, trombones, pistons et cor de chasse.

Le matin, le saltimbanque avait fait appeler Jules.

— Je t'ai, jusqu'à ce jour, laissé te reposer dans les bras de la mollesse, dit-il avec une emphase comique ; mais aujourd'hui le moment de te dégourdir et de montrer la souplesse de tes membres est venu.... Voyons, que sais-tu faire ?

— Je sais lire, écrire, compter, et j'explique un peu le latin, répondit ingénument Jules.

Bobèche haussa dédaigneusement les épaules ; un sourire ironique effleura ses lèvres.

— Toutes ces connaissances te seront inutiles ici, mon garçon.... Connais-tu la musique ?

— Un peu : je commençais à apprendre le violon.

— Alors tu sais jouer de la grosse-caisse et des cimbales?

— Non, dit Jules, étonné que l'étude du violon donnàt cette science.

— Bah ! avec un peu de bonne volonté,
tu te tireras d'affaire. D'ailleurs, tu n'as qu'à
écouter et frapper aux moments intéressants.

Et, d'un geste majestueux, Bobèche congédia
l'enfant, et s'occupa des préparatifs de la grande
représentation, qui devait avoir lieu le lendemain.

Chaque matin, depuis que la troupe était sta-
tionnaire, Thomas, le pître ou paillasse, donnait
à Jules une leçon *de souplesse et d'agilité*. Il
lui apprenait à marcher sur les mains, à faire le
grand écart, à marcher sur une corde élastique,
sans autre aide qu'un lourd balancier que
l'enfant pouvait à peine manier. On comprend
combien ces exercices étaient pénibles et fatigants pour un enfant habitué à une vie douce
et oisive. Quand Thomas, seul, s'occupait des
travaux, les choses marchaient assez bien ; car
le pître, doux et compatissant, était le premier
à suspendre les exercices s'il les jugeait trop
fatigants ; mais quand Bobèche présidait, il
fallait travailler dur, sans autre encouragement
que des paroles ironiques ou des coups de cravache.

— Allons, allons, disait-il d'une voix dou-
cereuse quand le malheureux enfant, haletant,
épuisé de fatigue, demandait quelques moments
de répit, tu es en sueur, mon ami : le refroi-

5

dissement pourrait te faire mal....travaille donc, afin de conserver cette bonne température, si favorable à la santé.

Et Jules était forcé de se soumettre, ou la terrible cravache le punissait durement.

Les autres enfants de la troupe, habitués depuis longtemps à tous ces travaux, n'y prenaient point part ; tous, à l'exception de l'Endormi qui restait pour encourager *le nouveau*, passaient leur temps sur la grand'place, jouant et polissonnant avec les petits vagabonds du village.

Un soir, la veille du jour fixé pour la grande représentation, le pître dormait ; Bobèche, sa femme et ses enfants étaient au cabaret, où ils prenaient leur repas ; les deux petits garçons, restés seuls, s'entretenaient à voix basse des rigueurs de leur sort.

Jules n'avait pas tardé à faire ample connaissance avec l'Endormi, le seul qui compatît à ses malheurs.

— Y a-t-il longtemps que tu es ici ? demanda subitement Jules.

— Oui longtemps, car j'étais bien petit quand le maître m'a pris avec lui, répondit tristement l'enfant.

— Que faisaient tes parents ?

Le petit saltimbanque devint subitement sé—

rieux ; il se recueillit un moment, et reprit d'une voix presque grave :

— Ecoute, je vais te raconter mon histoire ; à ton tour, promets-moi de ne me rien cacher de la tienne.

— Je le veux bien, dit Jules ; confidence pour confidence.

— Je n'ai jamais connu mon père, reprit l'Endormi ; mais, bien souvent, j'ai entendu dire qu'il était fermier. J'étais à peine né qu'un terrible malheur s'abattit sur ma famille : notre maison prit feu, et mon père, voulant sauver un garçon de ferme resté dans le grenier, périt au milieu des flammes. Complétement ruinée et sans espoir de reconstruire notre fortune perdue, ma mère allait de ferme en ferme, se louant pour le temps des moissons. Pauvre mère ! c'était une vie bien dure ; et moi, être insouciant, je jouais dans les champs avec les chiens ou les enfants des fermiers, pendant qu'elle se fatiguait à de pénibles labeurs, qui la conduisirent bien vite au tombeau.

» J'étais bien jeune quand ce malheur arriva, continua l'Endormi dont les larmes couvraient la voix ; cependant je la revois sur ce lit tendu de noir, je la croyais endormie et voulais la réveiller ; mais le fermier, chez qui nous étions, m'enleva dans ses bras et me conduisit dans une autre chambre, où je restais longtemps, pleurant et appelant ma mère qui, hélas! ne pouvait me répondre.

— Pauvre garçon! dit Jules attendri, comme tu as dû souffrir!

— Oui, j'ai souffert, répondit l'enfant. Pauvre mère! je la revois encore quand, le dimanche, elle me parait de son mieux pour me conduire aux offices; quand le soir, dans notre chambre froide, elle me faisait agenouiller sur le sol et prier pour mon père.

— Mais comment as-tu connu Bobèche? interrompit Jules.

— Par un autre malheur; écoute. Ma mère morte, le fermier, qui l'avait recueillie pendant sa longue maladie, me garda avec lui; mais la chance ne favorisa pas le brave homme; il se livra à des spéculations exagérées qui le ruinèrent complétement.

— Pauvre homme! dit encore Jules.

— Alors, continua l'Endormi, il fut, comme ma mère, forcé de se placer chez les autres.

» — Pauvre petit! me dit-il; j'aurais voulu te garder avec moi, mais la chose est impossible... Tiens, voilà tes hardes et cinq francs; c'est tout ce que je puis te donner. Va par les campagnes demander ton pain : l'homme des champs est compatissant, et peut-être trouveras-tu quelqu'un qui veuille se charger de toi... D'ailleurs, sois sans crainte, de là-haut tes parents veilleront sur toi, et Dieu, qui donne le grain de blé au passereau, ne t'abandonnera pas non plus.

» Puis il m'embrassa, et, les larmes dans les yeux, me montra le chemin.

» Quand j'eus perdu de vue la chaumière qui jusque-là m'avait abrité, je ne pus retenir mes larmes et tombai à genoux au pied de la grande croix du carrefour.... J'étais seul, abandonné, sans aucun ami ici-bas, et j'avais six ans....

— Eh quoi! fit tout à coup Bobèche qui entra brusquement, personne de couché à cette heure! Allons, marmaille, au lit, ou sinon....

Et la terrible cravache siffla aux oreilles des deux enfants épouvantés.

— Je te conterai le reste demain, dit rapidement l'Endormi.

IX

Grande représentation.

Le lendemain était le jour fixé pour la grande représentation.

Dès sept heures, tout était prêt; les toiles dépliées étalaient leurs dessins étranges aux couleurs éclatantes; les instruments de musique étaient rangés sur le devant de la baraque, et les enfants et le pître, en grand costume, attendaient que l'heure fût venue d'affriander, par une parade comique, le public campagnard qui encombrait les abords du théâtre forain.

Jules aussi était là, les bras croisés, et, il faut le dire, à la satisfaction d'étaler son habit chamarré, se joignait un peu de honte bien vite étouffée sous le bruit assourdissant de la grosse caisse que, si l'on s'en souvient, il était chargé de *toucher*.

Deux gendarmes en grand uniforme avaient peine à maintenir la foule sans cesse grossissante. Bobèche souriait avec satisfaction, et, quand il jugea l'auditoire assez considérable, il fit un geste; aussitôt le pître et les enfants coururent à leurs instruments, le maître prit son tambour, et alors.... alors commença un charivari indescriptible, au son duquel les deux petites filles dansèrent un pas napolitain.

L'auditoire, dont jamais mélodie pareille n'avait caressé les oreilles, applaudissait à outrance.

Tout à coup Bobèche leva sa baguette; la musique cessa subitement.

Le pître avait disparu; il revint bientôt en traînant la jambe.

Bobèche le regarda d'un air colère, et s'écria

en croisant majestueusement les bras sur sa poitrine :

— D'où viens-tu, paresseux? Voilà une heure bientôt que l'honorable assistance s'impatiente devant la *loge*, et personne pour lui en faire les honneurs....

Le pître, *d'un ton piteux*. — Faites excuse, bourgeois, j'espérais arriver à l'heure; mais il m'est survenu une aventure....

Bobèche. — Au cabaret, où tu t'es enivré suivant ton habitude, ivrogne.

Le pître. — Pour ça, non, bourgeois; j' bois rien, *sinon* un petit verre le matin, pour dissiper le brouillard, un autre à neuf heures pour me rendre l'entendement clair et....

Bobèche, *riant*. — Et ainsi de suite tout le reste de la journée, n'est-ce pas?

Le pître, *s'inclinant*. — Vous avez raison. J'étais *doncque* au cabaret en train de me verser une demi-tasse quand un individu de cette localité est venu me *tarabuster*... Dam! j' suis vif comme la poudre, moi : je l'ai bousculé, et enfin finalement, pour vous finir la fin, nous avons échangé nos cartes....

Bobèche. — Bigre!... Et où l'as-tu prise, ta carte?

Le pître, *avec calme*. — C'est une manière de dire que nous nous sommes provoqués...

Arrivés sur le terrain, j' me dis que j'étais bien bête de risquer ainsi ma peau, vu que j' n'en ai pas de r' change, et, voyant le jour tomber, je dis à mon adversaire : « Monsieur, je serais très-heureux de me mesurer avec vous, mais, outre que j' suis pas tailleur, la chose est impossible....

BOBÈCHE. — Ah bah !... Et pourquoi?

LE PÎTRE. — C'est justement c' que l' monsieur en question me dit.... Pourquoi, que j' dis, parce qu'il est défendu par la police de tirer l'épée tard — les pétards — si tard.

Le calembour du pître ne fut pas applaudi : les auditeurs, paysans à la cervelle un peu épaisse, ne le comprirent pas. Ce que voyant, Bobèche fit allumer quatre quinquets fumeux, et, prenant sa cravache, s'écria :

— Allons, Mesdames et Messieurs, je vois qu'il est inutile de vous amuser plus longtemps aux bagatelles de la porte, qui ne peuvent nullement vous préparer aux exercices sérieux exécutés dans l'intérieur de la *loge*... Je n'entreprendrai pas, Mesdames et Messieurs, de vous faire la longue énumération des merveilles qui frapperont vos yeux ; je préfère vous laisser le plaisir de la surprise. Entrez donc, ce n'est qu'à quinze centimes, trois sous seulement.... En avant la musique !

Le charivari recommença de plus belle ; Bobèche saisit son porte-voix et cria à tue-tête :

— Entrez... entrez !... ce n'est qu'à trois
sous, trois sous seulement ; on est partout com-
modément assis pour tout voir et tout entendre.

Les spectateurs se précipitèrent comme une
avalanche sur les faibles planches qui craquaient
sous leurs pieds, et entrèrent dans la baraque
comme en une ville prise d'assaut.

Bobèche se frottait les mains et riait de
plaisir ; la musique continuait sa mélodie étour-
dissante....

Je m'arrête ici, n'est-ce pas, lecteur ? Il est
inutile de pousser plus avant cet échantillon de
l'éloquence du pître et de Bobèche. D'ailleurs,
mon intention n'est pas de vous initier aux
mensonges et aux tromperies du saltimbanque,
non, mille fois non ; je veux seulement montrer
ce qu'une mauvaise éducation peut offrir de
dangers aux caractères faibles et sans principes
religieux.... Puis-je atteindre mon but, c'est
tout ce que je désire.

La représentation fut des plus brillantes, la
troupe entière se surpassa. Bobèche était on
ne peut plus satisfait ; aussi ne maltraita-t-il
pas trop le malheureux Jules, dont les nom-
breuses maladresses pendant le cours de la

soirée lui eussent, en toute autre circonstance, attiré un prompt châtiment.

Le maître passa une partie de la nuit au cabaret, dépensant avec prodigalité l'argent qu'il venait de gagner sans beaucoup de peine.

Comme toujours, il fit participer sa famille à ses libéralités.

Jules, l'Endormi et le pître qui, malgré son état embrassé par contrainte, détestait les cabarets, restèrent encore seuls.

Thomas, fatigué des travaux de la soirée, s'étendit sur une des couchettes de la voiture et ne tarda pas à s'endormir profondément.

Jules se rapprocha de l'Endormi.

Celui-ci le comprit.

— Assieds-toi près de moi, lui dit-il à voix basse, je vais achever de te conter mon histoire.

Jules obéit sans mot dire.

— Je te disais donc, reprit l'Endormi, que je me trouvai, seul à six ans, sans autre protection que celle du Seigneur, protection qui ne fait jamais défaut à ceux qui l'implorent du fond du cœur. Cette position pénible ne m'effrayait pas; j'y étais habitué, car plus d'une fois pendant l'hiver, quand la neige, étendue sur la terre, suspendait les travaux des champs, je m'étais couché sans souper. Ma pauvre mère m'avait d'ailleurs appris la résignation.

» Au lieu de me joindre aux petits vagabonds qui courent les champs, pillant les basses-cours et les vergers, je me tins constamment aux abords des fermes. Je ne demandais rien, mais j'offrais aux fermiers de les aider dans leurs travaux. Lorsque j'avais affaire à de braves gens, ils remplissaient mon bissac en disant que mes mains étaient encore trop petites pour travailler la terre. Quelquefois, d'autres me faisaient travailler sans aucun salaire ; mais je ne désespérais pas, et plus d'un, que mes larmes ni mes prières n'auraient touché, s'en allait attendri de ma résignation.

» Je vécus longtemps ainsi. Je grandissais beaucoup, et déjà j'entrevoyais le jour où je pourrais gagner honorablement ma vie en me louant comme pâtre ou berger ; mais le Seigneur en avait autrement décidé : pour mon malheur, je rencontrai Bobèche.

— Mauvaise rencontre ! interrompit Jules qui se repentait déjà d'avoir cédé aux promesses astucieuses du saltimbanque.

— Je n'avais jamais vu de bohémiens, reprit l'Endormi ; et Bobèche, avec son équipage, son habit galonné d'or, me parut un grand seigneur. Les gens riches sont généreux, me dis-je, je vais implorer la compassion de celui-ci.

» Bobèche me fit monter dans sa voiture et

m'adressa plusieurs questions sur mon âge, mes
parents et le lieu de ma naissance.

— Comme à moi, dit amèrement Jules.

— Je lui racontai mon histoire sans aucune
défiance, poursuivit l'Endormi; alors il prit un
air de compassion et me dit :

» — Pauvre petit, que deviendras-tu sans ami,
sans conseil ?... Reste avec nous, je t'apprendrai
un bon état qui te mettra à même de gagner
promptement ta vie.

» Gagner honorablement mon pain! c'était
là ma seule ambition :

» J'acceptai... hélas!.. je ne tardai pas à m'en
repentir cruellement.

» Pourtant, dans les premiers jours, le maître
se montra facile, il me laissait prier, et, quand
nous étions dans une bourgade, assister aux
offices du dimanche. Je n'étais donc pas trop
malheureux; mais peu à peu le caractère du
maître s'aigrit; il me vola la petite médaille,
seul souvenir qui me restait de ma pauvre mère,
et, avec la menace des châtiments les plus
sévères si je résistais, me défendit d'adresser le
moindre mot de prière au Consolateur suprême.

— Et tu as obéi?

— Non, dit fièrement l'enfant. Pendant un
mois, j'ai souffert toute espèce de tortures,
mais je n'ai pas cédé, et cela durerait encore

sans la femme de Bobèche, qui, touchée des maux que j'endurais, a intercédé pour moi.

— Et le maître s'est laissé fléchir?...

— Il a haussé les épaules et est sorti en sifflant.

— Mais alors....

— Césarine m'a conseillé, pour ne pas l'irriter davantage, de prier pendant son absence...Quand toute la troupe est endormie, je me lève en silence et je prie le Seigneur de me retirer de ce lieu de perdition....

— C'est courageux ce que tu as fait là, l'Endormi; mais personne ne t'a surpris?...

— Personne, sauf Thomas; mais il est trop bon pour me trahir.

L'enfant avait fini le touchant récit de ses malheurs.

Jules alors, avec plus de fidélité qu'on ne l'aurait cru, raconta au petit bohémien les événements qui lui avaient rendu odieux le séjour de la maison paternelle, et l'avaient finalement contraint d'accepter la protection du saltimbanque.

— Oh! s'écria l'Endormi, si j'avais eu des parents comme les tiens, Jules, avec quel bonheur me serais-je appliqué à les satisfaire! Tu ne sais donc pas qu'obéir à ses parents, c'est obéir à Dieu?...

— Oui, murmura Jules, si j'avais su....
Mais cela n'aurait rien fait : mon père est trop
dur, il ne cherchait qu'un prétexte pour m'éloigner de la maison, afin de faire plus de place à
son petit Adrien qu'il aime mieux que moi.

Ainsi s'expriment les enfants ingrats qui ne
comprennent pas, ou plutôt ne veulent pas comprendre que le cœur du père saigne bien douloureusement quand il est forcé de punir.

L'Endormi allait répondre. En ce moment, une
voix avinée chantant un vieux refrain se fit
entendre au dehors.

— Voilà le maître, fit l'Endormi ; vite au lit,
car s'il nous surprenait ainsi....

— Oui, dit Jules en frissonnant, la cravache....

Ils se glissèrent tous deux dans leur lit commun, et simulèrent si bien le sommeil que
Bobèche ne s'aperçut de rien.

Cette nuit, Jules réfléchit profondément sur
ses fautes passées et forma les plus beaux projets de réforme pour l'avenir.

Nous verrons dans la suite de cette histoire de
quelle manière il les tint.

X

Départ de chez les saltimbanques.

— Le tambour!... Qui a crevé le tambour?...

Telle était la question terrible que Bobèche, une caisse crevée à la main, adressait aux enfants groupés à l'intérieur de la baraque.

Personne ne répondait; un silence glacial régnait dans les rangs.

— Qui a crevé le tambour?... répéta Bobèche d'un ton plus menaçant que la première fois.

— Ce n'est pas moi, dit avec effort Fanfan, le fils aîné de Bobèche.

— Ni nous non plus, répétèrent ses frères.

— C'est pourtant quelqu'un, fit Bobèche.... Il n'y a pas trois jours que j'ai renouvelé la peau d'âne de la caisse, et aujourd'hui elle est encore déchirée.

— Ce n'est pas nous, répétèrent les petits saltimbanques.

— Alors c'est toi, l'Endormi....

— Non, répondit l'enfant avec fermeté; vous savez, maître, que si j'avais été coupable, j'aurais avoué ma faute; mais ce matin encore, j'ignorais que la caisse fût crevée.

— Alors c'est l'Eveillé... dit le maître en se tournant vers Jules.

— Oh! non, s'écria Jules, épouvanté de la colère empreinte sur la face du saltimbanque.

— Ah! ce n'est personne! Allons, vous êtes tous d'accord, et vous paierez tous.

Et levant sa redoutable cravache, Bobèche frappa de droite et de gauche avec la plus grande impartialité.

— Ce n'est pas moi!... ce n'est pas moi, criaient les enfants.

Mais Bobèche était sourd à leurs cris, et la terrible cravache n'en continuait pas moins son office sur leurs épaules.

Les enfants de Bobèche s'enfuirent par dessous la toile; Jules et l'Endormi restèrent seuls exposés à la colère du saltimbanque. Enfin, quand il fut las de frapper, il s'arrêta.

— Voyagez, dit-il brutalement; c'est assez pour aujourd'hui ; mais, en attendant, tout le monde restera au pain sec jusqu'à ce que le coupable se soit déclaré.

Et il sortit en chantant, suivant son habitude.

— Oh ! murmura Jules, en serrant les poings, si je pouvais me venger !...

La vérité est que la caisse avait été, le matin même, crevée par Fanfan. L'enfant, connaissant le caractère emporté de son père, et heureux de faire retomber sur un autre le poids de sa faute, n'avait pas jugé à propos de se découvrir, et laissa tranquillement les autres souffrir pour lui.

La journée entière se passa en exercices fatigants, sans aucun repos ni interruption. Le maître était d'une humeur massacrante, et le travail s'en ressentait, car, pour un oui, pour un non, la terrible cravache fonctionnait. Jules, contre son ordinaire, fut plein de courage et de résignation ; il supportait, avec un courage et une fermeté dignes d'éloge, les coups et les injures que le saltimbanque ne ménageait pas à son endroit, car il le soupçonnait fort d'être l'auteur du délit.

La journée se termina par une grande représentation qui dura toute la soirée. Bobèche tint sa parole, et les enfants, avant de se coucher, ne reçurent, pour toute nourriture, qu'une maigre tranche de pain bis.

Tout le monde dormait dans la voiture quand l'Endormi se sentit tout à coup tirer par la main. Il ouvrit les yeux et regarda : l'obscurité était tellement profonde qu'il ne distingua rien.

— Qui est là ? fit-il un peu effrayé.

— Silence ! fit une voix étouffée ; c'est moi.

— Qui, toi ?

— Jules.

6

— Pourquoi n'es-tu pas couché ? fit l'enfant étonné.

— Silence !... Lève-toi, et, si tu as du cœur, suis-moi....

— Tu t'enfuis ! s'écria l'Endormi avec stupeur.

— Oui, cette vie m'est devenue trop insupportable.

L'Endormi se dressa sur son lit.

— Au nom du ciel, Jules, murmura-t-il, ne fais pas cela.... Sais-tu où nous sommes ? as-tu l'argent nécessaire pour subvenir à tes besoins ?... Et où iras-tu ?

— Où j'irai, je l'ignore ; mais je finirai bien par trouver la route de B***. Ce que je ferai pour vivre, je mendierai mon pain aux âmes charitables.

— Et qui te dit que tu ne tomberas pas sur un second Bobèche ?

— Qu'importe, je tenterai toujours de fuir ce lieu maudit.... Viens, à deux les souffrances et les fatigues seront moins amères.

— Non, dit résolûment l'Endormi ; lorsque je quitterai Bobèche ce sera au grand jour, la tête haute, et non au milieu des ténèbres, comme un malfaiteur.... D'ailleurs, attends, mets ta confiance en Dieu, et crois que, quand l'heure sera venue, il saura te rendre à tes parents.

— Ma résolution est prise ; veux-tu me suivre ?

— Adieu alors ; je n'oublierai jamais que, seul, tu as soutenu mon courage.

Jules embrassa tendrement l'Endormi, qui essaya encore de le faire changer de résolution.

— Non.... dit-il avec émotion, laisse-moi partir.... Adieu.

Et, les yeux pleins de larmes, il s'arracha des bras de l'Endormi.

— Seigneur, murmura ce dernier, ayez pitié de lui, conduisez-le.

Jules était courageux et résolu à certains moments, nous l'avons vu d'ailleurs ; il traversa lentement la longue voiture, retenant son haleine et ayant soin que son soulier ne craquât pas contre le plancher. Il était arrivé près de la porte.... un pas de plus, c'était la liberté !... Ah ! comme son cœur battait quand sa main toucha le bouton de la porte.... Hélas ! celui-ci cria, et Bobèche se réveilla....

— Qui va là ? dit-il durement.

Jules ne répondit pas ; il demeura près de la porte entr'ouverte aussi immobile qu'une statue.

Bobèche écouta un moment.

— Ce n'est rien, reprit-il, rien que le vent qui siffle au dehors.

Jules attendit patiemment que le saltim-

banque se fût rendormi ; puis, quand il jugea le
moment venu, il ouvrit la porte et descendit
avec précaution les trois marches qui le séparaient du sol. Libre !... tel était le cri qu'il eût
pu jeter aux échos de la nuit ; mais, rendu sage
par l'expérience, il se contint et, s'enfonçant
sous les toiles de la baraque, tira, d'un petit
paquet dissimulé sous sa blouse, les habits qu'il
portait lors de sa rencontre avec le saltimbanque. Il changea lestement de costume et fit
un paquet des vêtements bariolés qu'il venait
de quitter.

— Adieu, Bobèche ! s'écria-t-il, en jetant
le paquet au fond de la baraque ; puissions-nous
ne jamais nous revoir !...

La nuit était noire, malgré les étoiles nom-
breuses qui scintillaient au firmament. Jules
pensa à sa fuite de chez ses parents.

— Oh ! Seigneur, murmura-t-il, faites que je
les retrouve. Avec quelle joie je leur obéirai
désormais !

Quelques larmes d'attendrissement mouil-
lèrent ses paupières ; la rude leçon qu'il venait
de subir portait déjà ses fruits. Mais, comme la
première fois, une terrible question se pré-
sentait : Où était-il ? et quelle route pouvait
conduire à B*** ?

— A la volonté de Dieu! fit l'enfant.

Et, ramassant un brin de paille, il l'abandonna au vent : la brise le balaya vers l'ouest.

— C'est cette direction que je dois suivre, murmura-t-il.

XI

L'hôtellerie de la Grande-Halte.

Sur une de nos plus vieilles routes départementales, on voit encore aujourd'hui une maison de bonne apparence avec ses volets verts, ses fenêtres ouvertes au midi, ses murs blanchis au lait de chaux, le long desquels un énorme cep de vigne fait capricieusement grimper ses verts festons.

L'habitation a deux étages ; elle annonce un confortable assez rare dans nos campagnes, et, des deux côtés de la porte principale, des bancs de pierre invitent le voyageur à se délasser un instant. Une enseigne jaune et verte, suspendue à une tringle de fer, apprend que cette hôtellerie, tenue par les époux Le Berre, se charge d'héberger, à peu de frais, les voyageurs à pied et à cheval. On l'appelait *la Grande-Halte*, à cause de son égale distance entre deux petites villes ou bourgades.

A l'époque où se passèrent les faits que nous venons de raconter, cette hôtellerie de passage était, comme l'indique l'enseigne qui, quoique les propriétaires se soient plusieurs fois succédé, n'a jamais changée, exploitée par les époux Le Berre.

Nous allons essayer d'en donner une idée au lecteur.

Antoine Le Berre, l'hôtelier, était un gros homme à la mine franche et réjouie ; et, certes, avec son visage boursoufflé, sa taille courte, son ventre arrondi, il faisait lui-même le plus digne éloge de sa cuisine : c'était une véritable enseigne vivante.

La femme, dame Ursule, était tout le contraire de l'hôtelier ; aussi petite que lui, mais maigre et ridée, elle était aussi vive et remuante qu'il était lent et tranquille. On la trouvait partout, dans les salles, dans les caves, allant, venant, criant, gourmandant les servantes ; mais au fond, la meilleure pâte de femme qu'il soit possible de trouver.

Malgré leur peu de conformité, les deux époux vivaient dans le calme le plus complet, leur établissement marchait bien, leur petite fortune s'arrondissait ; rien ne manquait donc à leur bonheur. Rien.... non ; l'homme désire toujours ce qu'il n'a pas, et les époux Le Berre

soupiraient après la naissance d'un enfant, joie
que le Ciel leur avait toujours refusée. N'ayant
pas de famille, malgré les prières ferventes qu'ils
adressaient à Dieu, les deux époux avaient
reporté leur tendresse sur les enfants des autres.
C'était surtout à l'égard des petits malheureux
que dame Ursule déployait sa sollicitude mater-
nelle, et aucun ne quittait l'hôtellerie, où il avait
imploré la charité, sans avoir le cœur joyeux,
une pièce blanche dans son gousset, et le bissac
garni de morceaux délicats, débris de la cuisine
de maître Antoine.

Par une belle après-midi, le bonhomme
Le Berre fumait tranquillement sa grande pipe,
assis sur un des bancs de pierre de la porte. Le
digne hôtelier portait le costume traditionnel aux
gens de son état : une culotte noire dessinant
une jambe forte et musculeuse, une petite veste
blanche dont le propriétaire avait depuis longtemps renoncé à joindre les boutons aux bou-
tonnières, et, sur la nuque, un bonnet de coton,
éblouissant de blancheur.

La journée était magnifique; malgré cela,
aucun voyageur ne s'était, depuis le matin, pré-
senté à l'hôtellerie. Le bonhomme avait éteint
son fourneau et pris son parti; néanmoins il
jetait de temps à autre un regard indifférent sur
la route poussiéreuse, cherchant à découvrir une

voiture, car les gens à pied ne s'arrêtaient pas
ordinairement à la Grande-Halte.

Ce n'était pas mépris de la part des époux
Le Berre, loin de là; ils accueillaient avec autant
d'empressement, avec le même sourire affectueux,
le piéton qui s'arrêtait à l'hôtel le temps de casser
une croûte et de boire un verre de vin, que le
grand seigneur voyageant dans sa calèche à
doubles ressorts; mais l'apparence un peu fas-
tueuse de l'hôtellerie en éloignait les pauvres
diables.

On ne peut plaire à tout le monde ici-bas.

Tout à coup maître Antoine abandonna sa
pipe et, faisant un abat-jour de sa main grasse
et potelée, regarda devant lui.

Un homme, un voyageur sans doute, s'a-
vançait dans le lointain. Un brillant équipage
ne le transportait pas; il avançait tranquillement,
sur ce moyen de locomotion naturelle que le Ciel
nous a donné à tous.

Le brave hôtelier reprit sa pipe, et s'écria
comme s'il n'eût pas été seul :

— Je gage dix sous, contre vous deux, qu'il
ne s'arrêtera pas ici.

Le voyageur avançait toujours ; bientôt l'hôtelier put l'examiner à son aise : ce n'était pas
un homme, mais un pauvre enfant de dix ans
à peine, aux traits fatigués, aux habits souillés

de poussière, il marchait lentement et paraissait succomber à la fatigue.

— Pauvre petit, murmura maître Antoine, il est accablé de lassitude.... Je vais lui proposer de se rafraîchir un brin.

L'enfant avait surpris le regard bienveillant de l'hôtelier, il parut vouloir s'arrêter; mais son visage s'empourpra subitement, et il fit un effort pour continuer son chemin.

— Oh! non, murmura-t-il, jamais je n'oserai tendre la main.

Il allait passer outre quand le bonhomme Le Berre l'arrêta.

— Vous avez l'air bien fatigué, mon jeune ami, lui dit-il affectueusement. Si vous avez loin à aller, il serait peut-être prudent de vous reposer un peu.

L'enfant s'arrêta un moment indécis; il regarda maître Antoine dont l'honnête figure le rassura.

— Où me reposer? demanda-t-il.

— Chez moi donc; les hôtels ne sont-ils pas faits pour les gens fatigués?

— Oui.... mais pour ceux qui peuvent payer.

— Bah!... pas toujours, mon jeune ami. Ceux qui payent largement donnent pour ceux qui n'ont rien.... Et sur ce, entrez chez moi manger un morceau et boire un verre de cidre. C'est moi qui vous invite.

7

Et l'hôtelier prit le bras de l'enfant avec tant de douceur et d'obligeance qu'il n'osa résister de peur de chagriner le brave homme. Maître Antoine conduisit son protégé dans la première salle, où, assise près d'une petite table, dame Ursule ravaudait des bas. Cette femme active ne pouvait demeurer sans occupation.

L'enfant ôta sa petite casquette de velours; dame Ursule lui rendit son salut.

— Asseyez-vous un instant, dit le maître de l'établissement.

Le petit voyageur se laissa tomber sur un siége; maître Le Berre s'approcha de sa femme et lui parla à voix basse.

— Comment donc, s'écria la brave femme, mais tu as raison, Antoine.... Laisse-moi, je vais le servir, ce pauvre chéri, et bien, j'en réponds.

— Je savais que mon avis aurait été le tien, dit le gros hôtelier; cependant j'ai mieux aimé te prévenir.

Dame Ursule haussa les épaules.

— Comme s'il est besoin de se consulter pour faire une bonne action, dit-elle.

Et vivement elle dressa un couvert sur une petite table. Une aile de poulet, deux œufs froids et un peu de fromage composèrent une collation capable d'exciter l'appétit de l'être le plus indif-

férent, à plus forte raison d'un enfant à jeun
depuis la veille au soir.

L'enfant remercia poliment dame Ursule et se
mit à table. C'était plaisir de voir avec quelle
promptitude il faisait disparaître les morceaux
que la bonne femme lui servait. Maître Antoine
lui-même avait oublié sa pipe, pour laquelle il
professait le même respect que les Allemands
pour leurs calorifères, et restait bouche béante,
admirant le petit voyageur.

XII

Jules valet d'hôtel.

— Maintenant, dit maître Antoine quand
il vit son petit protégé complétement rassasié,
n'y a-t-il pas indiscrétion à vous demander où
vous allez?... Il n'est pas ordinaire de voir un
enfant de votre âge, seul par les grands chemins....

— Antoine!... fit dame Ursule d'un ton un
peu fâché.

— Laisse-moi donc, reprit Le Berre; le jeune
homme ne doit pas craindre de se confier à
moi... un bon conseil a souvent son utilité.

Jules — le lecteur a sans doute reconnu le

jeune Lenoir dans le petit voyageur — Jules, disons-nous, regarda fixement maître Antoine. L'examen était favorable à ce dernier; sa bonne figure rouge et bouffie annonçait l'honnêteté et la franchise. Les enfants sont d'ailleurs confiants, et Jules sentait l'utilité de se créer un protecteur.

Assuré de l'indulgence de ses hôtes, il raconta, sans omettre aucun détail, sa fuite de la maison paternelle, et les suites désastreuses qu'avait entraînées sa désertion.

Les époux Le Berre l'écoutaient en silence; de temps en temps, dame Ursule essuyait une larme avec le bas qu'elle ravaudait, croyant se servir de son mouchoir.

— Pauvre petit, dit-elle émue au récit des souffrances que l'enfant avait endurées chez les saltimbanques; la terrible leçon que Dieu vous a donnée a dû vous montrer que le bonheur ne favorise jamais les enfants ingrats.

— Oui, murmura Jules, ces tortures, en le faisant saigner, ont éclairé mon cœur.... Ah!... s'il m'était donné de revoir mes parents!... comme ma conduite présente différerait de ma conduite passée!... avec quel bonheur je me soumettrais, sans murmure, à leurs arrêts, même les plus rigoureux, convaincu qu'ils n'agiraient que pour mon bien.

— Allons! allons, reprit maître Antoine, courage et confiance en la Providence... vous les reverrez vos parents... dites-moi seulement le nom de votre père?...

— M. Lenoir, dit Jules.

— Et il habite?...

— Au hameau de B***

— Je ne connais ni l'un ni l'autre, fit maître Antoine en se grattant l'oreille, ce qui chez lui était le signe d'une profonde préocupation : mais cela ne fait rien. Mon auberge est fréquentée par d'honnêtes rouliers et de gros marchands de bestiaux, qui passent par ici aux époques des marchés.... Restez avec nous, et avant peu, je trouverai bien l'occasion de vous confier à un de ces braves gens qui vous ramènera chez vous.

— Je le veux bien, dit Jules; mais je serai une lourde charge pour vous.

— Bah!... ne parlons pas de ça....

— Je voudrais pourtant, dit en rougissant l'enfant qui se souvenait des conseils de l'Endormi, gagner le pain que je mangerai.

— Ce scrupule parle en votre faveur, mon jeune ami; cependant que cela ne vous chagrine pas : vous vous occuperez avec nous, soit à la cuisine, soit à l'écurie, en aidant les palefreniers à soigner les chevaux des voyageurs.

» D'ailleurs il est à présumer que vous ne ferez pas long séjour ici, et qu'à l'époque des grandes foires de juillet nous trouverons quelques rouliers ou marchands de bestiaux de votre village.

Jules remercia les larmes aux yeux ces excellentes gens, si différentes de Bobèche. Maître Antoine mit fin à son effusion en lui serrant la main.

— Vous êtes fatigué, dit-il, allez vous reposer un brin, et ce soir ou demain, rien ne presse, nous reprendrons cette conversation.

L'enfant se laissa conduire dans une petite chambre propre et bien meublée. L'hôtelier montra un lit et lui souhaita un bon sommeil. Jules s'endormit bientôt, bercé par les plus doux songes; il rêva qu'il revoyait sa famille et que ses bons parents l'accueillaient avec autant de joie, que le bon Pasteur la brebis égarée revenue au bercail.

Comme on a pu le voir, dans la conversation précédente, Jules s'était exprimé avec un esprit de résignation fort au-dessus de son âge; c'est que le vent de l'adversité avait mûri son cœur, et que dans le fond de sa conscience il se sentait coupable. Il ne regrettait qu'une chose, c'est que l'Endormi, par un scrupule qu'il ne pouvait s'empêcher d'approuver, ne fut pas avec lui pour partager sa bonne fortune.

— Oh! murmura-t-il en s'endormant, si ce pauvre garçon avait été avec moi!... ces braves gens n'auraient pas demandé mieux que de le garder... lui qui n'aspirait qu'à gagner son pain....

Le reste de sa pensée se perdit dans le souffle doux et égal qui s'échappait de ses lèvres entr'ouvertes.

Pendant le sommeil de Jules, la bonne dame Ursule prit ses habits, les brossa, répara quelques accrocs et les mit soigneusement de côté pour le jour où il quitterait l'hôtellerie. A leur place, l'enfant, en se réveillant, trouva un bon pantalon de toile, une veste blanche et une solide paire de sabots. Il endossa ces vêtements en souriant, comprenant l'intention délicate de la brave femme, qui ne voulait pas qu'il se présentât devant ses parents avec des vêtements souillés ou déchirés.

Dès le lendemain, Jules se mit courageusement à l'ouvrage. Il aidait le valet ou le bonhomme Le Berre dans leurs différents travaux; parfois aussi, assis dans la salle basse, près de dame Ursule, il écoutait respectueusement les pieuses exhortations de la brave femme, qui lui représentait ce que sa conduite passée avait de répréhensible aux yeux de Dieu et de ses parents. Jules écoutait en silence, pénétré de ces sages conseils et promettant bien de ne plus retomber dans ses fautes ni dans ses erreurs passées.

Chaque soir, après le souper qui avait lieu en commun, dame Ursule faisait aux servantes et aux valets réunis quelque pieuse lecture. Ce fut désormais l'enfant qu'elle chargea de ce soin, comprenant, avec ce tact et cette délicatesse qui n'appartiennent qu'aux femmes, combien il gagnerait en lisant ces pages pleines de l'esprit chrétien.

Jules se plaisait dans sa nouvelle condition, et sans le désir de revoir ses parents, il se serait trouvé parfaitement heureux.

Ce moment si impatiemment attendu arriva enfin. Un beau matin, maître Le Berre, en faisant la conversation avec un gros éleveur qui prenait son repas dans la salle basse, apprit que cet homme était des environs de B***.

Le brave hôtelier saisit la balle au bond.

— Vous connaissez peut-être M. Lenoir, propriétaire à B***? dit-il à l'éleveur.

— M. Lenoir?... murmura ce dernier en consultant sa mémoire, j'ai en effet entendu parler de lui, il habite le *manoir?*...

— Justement, fit Le Berre mis au courant de ces circonstances par Jules.

— Est-ce que vous avez affaire à lui? demanda le paysan.

Maître Antoine raconta au paysan comment il avait chez lui un des fils de M. Lenoir, et lui offrit de le reconduire à ses parents.

— Nul doute, dit-il en finissant, que M. Lenoir vous récompensera largement de vos peines, et moi-même....

— Assez, interrompit le paysan en souriant; le seul plaisir de remettre le marmot entre les bras de ses parents me paiera amplement.

Il fut convenu entre les deux hommes que l'éleveur, en repassant, prendrait Jules et l'emmènerait avec lui.

— Adieu donc, dit Le Berre en voyant son hôte faire ses préparatifs de départ; dans trois jours.

— Dans trois jours comptez sur moi; je ne serais pas chrétien si je manquais à ma parole.

Et le brave homme rejoignit sa carriole, qui attendait sur la route.

XIII

Encore Bobèche.

Antoine, tout joyeux, courut prévenir Jules de la bonne rencontre qu'il venait de faire. On comprend le bonheur de Jules.... Il allait donc, purifié par le repentir, revoir ses parents, et, quoiqu'un peu inquiet sur l'accueil que lui ferait son père, il hâtait de tous ses vœux cet heureux moment.

Mais, hélas ! une déception plus cruelle que toutes celles qu'il avait déjà subies l'attendait encore. Il y avait déjà deux jours que le brave éleveur était parti ; un jour seul séparait l'enfant de celui où il allait se mettre en route. On comprend son impatience, rien ne peut la peindre. Dès cinq heures, il était debout, interrogeant l'horizon. L'éleveur avait peut-être fini ses affaires plus vite qu'il ne le pensait... peut-être allait-il venir... aujourd'hui... dans une heure ?... Voilà les chimères que se créait l'enfant, tant l'esprit aime à se reposer sur les pensées qui lui sont favorables.

Les époux Le Berre souriaient tristement de la joie de l'enfant, joie qu'ils partageaient pourtant ; mais dame Ursule ne pensait pas sans chagrin qu'il fallait se séparer de lui, et telle était la conformité de caractère des deux époux que maître Antoine ressentait les chagrins de son épouse.

Tout à coup Jules tressaillit.

On entendait, sur la route, comme un roulement de voiture.

— C'est lui! s'écria joyeusement l'enfant en battant des mains, c'est lui!...

Et il se précipita dehors en riant et pleurant à la fois.

Tout à coup il poussa un cri, cri d'angoisse et de désespoir : dans la voiture qui s'avançait au trot de deux chevaux noirs, il venait de reconnaître le véhicule du saltimbanque, et à une des petites fenêtres la tête grimaçante de Bobèche.

Jules voulut fuir ; la stupeur et l'effroi le retinrent comme cloué au sol. Le saltimbanque, de son côté, poussa un cri, mais un cri de surprise. De même que Jules l'avait reconnu, il venait de reconnaître Jules.

— Ah ! petit l'Eveillé, murmura-t-il en grimaçant un faux sourire, on a voulu quitter ses bons maîtres.... c'est mal cela.

Et passant encore son poing robuste à travers la fenêtre, il saisit Jules au collet. L'enfant n'eut pas la force de crier ni de se débattre , et Bobèche l'enleva comme une muscade.

— En route, cria-t-il au pître, et brûle le pavé.

Les chevaux , stimulés de la voix et du fouet, prirent une allure effrayante. Alors seulement Jules reprit ses sens.

— A moi , maître Antoine ! s'écria-t-il d'une

voix déchirante ; à moi, dame Ursule !... il
m'enlève !...

Bobèche, effrayé, l'attira à lui et lui noua
solidement un mouchoir sur la bouche.

— Crie maintenant, fit-il en le repoussant
durement.

Aux cris de l'enfant, les époux Le Berre
étaient accourus sur la route ; ils ne virent que
la voiture qui roulait au loin au milieu de nuages
de poussière.

— Oh ! fit douloureusement maître Antoine
que la forme étrange du véhicule frappa subitement, c'est le saltimbanque !...

— Pauvre petit ! Que Dieu le protége, fit
dame Ursule en joignant les mains.

— Et pas une voiture, s'écria Le Berre avec
désespoir, pas un cheval pour donner la chasse
à ce misérable ravisseur d'enfants !...

Et les deux époux demeurèrent un instant
mornes et désolés sur le seuil de leur hôtellerie.
Ce fut dame Ursule qui, la première, put en-
visager froidement la situation.

— Ne te désespère pas, Antoine, dit-elle ;
maintenant que nous savons le nom des parents
de l'enfant et le lieu où ils habitent, il nous sera
facile de les faire prévenir.

— Oui, murmura Le Berre, par le paysan
qui, demain, viendra pour prendre Jules.

— Nous savons aussi le nom de cet exécrable saltimbanque : avec de pareils renseignements, la justice agira.

— Abandonnons son sort entre les mains de la Providence, dit Le Berre. Celui qui a ramené l'enfant prodigue entre les bras de son père, saura arracher ce pauvre petit des griffes de ce misérable Bobèche.

— *Amen....* murmura dame Ursule.

Ils jetèrent un dernier regard sur la route où la voiture n'apparaissait plus que comme un point à peine visible, au milieu des tourbillons de poussière qu'elle soulevait dans sa course rapide. Cette vue leur arracha un soupir, puis ils rentrèrent dans l'hôtellerie.

Ce jour-là les voyageurs remarquèrent que Le Berre, si jovial d'habitude, resta toute la journée près de la fenêtre, fumant et refumant des pipes d'un air taciturne et préocupé.

Le lendemain, dès six heures du matin, l'éleveur des environs de B*** entra dans la salle basse.

— Maître Antoine, me voilà ; l'enfant est-il prêt? dit-il en franchissant le seuil.

Personne ne lui répondit ; le paysan regarda autour de lui et fut frappé de l'aspect qu'offrait la salle basse.

Le Berre, aussi silencieux qu'une statue,

était toujours dans son coin, la pipe entre les
dents, regardant d'un air hébété les nuages de
fumée monter au plafond. Dame Ursule, toujours
occupée, écrivait près d'une petite table.

Le fermier frappa son bâton contre le plancher :
dame Ursule leva la tête.

— Tiens, c'est vous? dit-elle au paysan.

— Oui, c'est moi ; quoi de nouveau donc
que je vois tout le monde à l'envers?...

De son coin, Le Berre répondit par un triste
soupir.

— Perrin, dit dame Ursule, êtes-vous toujours disposé à rendre service au jeune Lenoir?

— De grand cœur ; je l'ai promis, je le ferai
de même.

En quelques mots la femme de l'hôtelier le
mit au courant de la situation.

— Misère!... s'écria le brave homme, si
j'avais su cela!.... Je l'ai croisée hier, cette
maudite voiture!....

— Quelle direction a-t-elle prise?... dit vivement Le Berre en abandonnant sa pipe.

— Hélas! voilà justement ce que j'ignore.

— Ce serait inutile de vouloir poursuivre
cette voiture, fit judicieusement dame Ursule ;
quand même nous parviendrions à la rejoindre,
ce qui est peu probable, nous n'avons aucun
droit pour agir.

— C'est vrai, approuvèrent les deux hommes.

— Le mieux, continua dame Ursule, est de remettre cette lettre à M. Lenoir. Elle contient la confession entière de Jules telle qu'il me l'a faite, et les détails de ce qui s'est passé pendant le séjour de l'enfant chez nous.

— Vous avez raison, madame, approuva le paysan; avec de telles indications M. Lenoir pourra agir, et il faudrait que les choses marchent bien mal pour que ce scélérat de Bobèche ne soit pas contraint de rendre des comptes devant la justice.

Et sur ce, le paysan fourra la lettre que lui tendait dame Ursule dans son grand portefeuille, et accepta sans façon le déjeuner offert par les deux époux.

Une demi-heure après, sa carriole roulait sur la route de B***.

Hélas ! il n'est pas besoin d'apprendre au lecteur la déconvenue du brave homme : le *manoir* était habité, mais ce n'était pas par la famille Lenoir, et le paysan eut beau questionner, interroger, il ne put rien apprendre sur le sort des parents du malheureux Jules.

— Allons, murmura-t-il dans sa naïve superstition bretonne, ces gens là sont *frappés*, et j'aurai beau chercher, je ne trouverai rien.

Et replaçant la lettre dans son portefeuille,

il prit tranquillement la route de son hameau, se réservant de la rendre aux époux Le Berre lors de son prochain passage à la Grande-Halte.

XIV

Trois ans de vie nomade.

Nous sommes encore forcés de suivre le malheureux Jules dans les différentes péripéties de sa vie commune avec les saltimbanques. Bobèche, ivre de joie d'avoir retrouvé son *élève* fugitif, fit redoubler l'allure des chevaux, à tel point que la voiture semblait toujours prête à verser. Les arbres s'enfuyaient avec une rapidité vertigineuse, et c'est à peine si l'on entrevoyait dans le lointain le pignon aigu de la Grande-Halte.

Quand Bobèche eut mis une distance rassurante entre l'hôtellerie et lui, il délia le mouchoir sous lequel le pauvre enfant étouffait.

— Hé ! petit l'Eveillé, dit-il encore de sa voix ironique, on a voulu quitter ses bons maîtres ?... c'est mal cela.

Jules ne répondit pas ; les petits bohémiens, à l'exception de l'Endormi, ricanaient dans un coin de la mine piteuse du jeune Lenoir.

— Et pour t'enlever l'envie de recommencer une seconde fois, reprit le saltimbanque, nous allons te donner des gardes du corps. Hein !... j'espère que c'est noble ?...

L'enfant eut un soupir de satisfaction; il s'était attendu à un châtiment terrible; l'urbanité de Bobèche le remplissait d'étonnement, mais cet étonnement ne fut pas de longue durée.

— En attendant, dit doucement Bobèche, tu resteras au pain et à l'eau jusqu'à nouvel ordre... Cette nourriture saine et frugale calmera peut-être l'effervescence de ton cerveau trop chaud. Et vous, poursuivit-il avec un geste tragique en se tournant vers ses fils, je vous confie le prisonnier, et s'il essaie de fuir....

— Qu'il meure !... dit Fanfan en étendant solennellement la main.

Pauvre Jules, son sort était bien à plaindre !... Après avoir entrevu la liberté, prêt de se jeter, plein de repentir et de résignation, dans les bras de son père, il voyait ses rêves de bonheur s'évanouir comme un château de cartes sous le souffle d'un enfant. Dans cette situation cruelle, il ne pleura pas, il ne maudit pas; mais il leva vers le ciel ses yeux mouillés de larmes, certain que Celui qui veille là-haut saurait un jour déjouer les machinations du saltimbanque et le rendre à sa famille.

Le lecteur sera peut-être étonné de ce prompt changement dans le moral d'un enfant tel que l'était Jules.... Mais trois mois de souffrances, les pieuses exhortations de l'Endormi, et surtout les sages conseils que la bonne Ursule lui avait prodigués avec la tendresse et la sollicitude d'une mère, avaient complétement changé son cœur. Il se reconnaissait le seul auteur de ses maux, et, à chaque torture nouvelle, il ne pouvait que courber la tête et s'écrier :

— C'est ma faute, c'est ma très-grande faute!

Cependant le saltimbanque avait repris son train de vie ordinaire; il s'arrêtait dans les villages, aux époques des foires, et donnait des représentations aux paysans. Un observateur attentif n'aurait pas manqué de remarquer avec quel soin il évitait les abords des grandes villes. Cela cachait un mystère sans doute. Quoi qu'il en soit, Bobèche devenait de plus en plus sombre, et ni sa femme ni ses enfants ne parvenaient à dérider son front. Parfois, il confiait au pâtre la conduite de sa troupe et s'éloignait. Ces absences duraient trois ou quatre jours; puis le saltimbanque apparaissait, les traits contractés, les habits en désordre, et faisait vivement changer la direction de la voiture. Un jour, l'Endormi assura à Jules avoir entendu Bobèche compter des écus toute la nuit.

Jules et l'Endormi continuaient à s'aimer d'une amitié sincère et fraternelle; ils se soutenaient tous deux dans leurs épreuves, et priaient le Ciel d'abréger leurs souffrances. Bobèche ne voyait pas sans un secret dépit cette union de deux cœurs; il mit tout en œuvre pour la traverser, mais ce fut inutile. Coups, menaces, punitions, rien ne fit; les enfants étaient heureux de souffrir l'un pour l'autre.

Cette vie dura longtemps, et plus le temps s'écoulait, plus l'espoir s'évanouissait du cœur de Jules. En effet, ses parents existaient-ils toujours?... Terrible question qu'il n'osait approfondir.

Sur ces entrefaites, Thomas quitta la troupe. Fatigué de cette vie vagabonde, qui n'allait ni à son caractère ni à ses principes, il écouta les propositions d'un brave colporteur et partit avec lui pour l'aider dans son petit négoce.

En quittant Jules, il lui promit de pousser jusqu'au village de B*** et d'informer M. Lenoir de sa malheureuse situation. Cette promesse ranima un peu le cœur de l'enfant; mais il eut beau attendre, Thomas ne reparut plus, et aucune nouvelle de B*** prouva qu'il avait tenu sa parole.

— Espère toujours, dit l'Endormi à qui Jules racontait ses espérances trompées, espère en la

divine Providence; quand les souffrances et la
résignation auront prouvé la sincérité de ton
repentir, elle te montrera, par une preuve écla-
tante, qu'elle ne t'a pas abandonné.

— Qu'il en soit donc ainsi, murmura l'enfant. Dieu, qui lit au fond de mon cœur, con-
naît la sincérité de mon retour à lui, et me
donnera la force et le courage nécessaires pour
supporter les maux qui ne sont que la juste
punition de mes fautes passées.

Que ce langage était différent de celui qu'il
tenait autrefois; comme le repentir, en pacifiant
son cœur, lui avait montré ce que sa conduite
passée avait eu de coupable envers Dieu et ses
parents!... Et cette conversion... qui l'avait
opérée?... Un faible enfant à peine plus âgé que
lui!... Mais cet enfant avait été aidé par un
terrible auxiliaire, le malheur, qui rabaisse l'or-
gueil le plus indomptable et fait voir à l'impie
que tout est néant, hors Dieu.

Bobèche s'endormait dans une sécurité complète; le misérable ignorait que, pour être lente
parfois, la justice divine n'en est pas moins sûre
ni moins terrible et que, tôt ou tard, l'homme
doit rendre compte de sa conduite devant le redoutable tribunal du Seigneur.

Le moment de l'expiation approchait; il flottait comme un voile funèbre sur la tête du cou-

pable, et personne ne s'en apercevait. Dieu sait
aveugler les coupables et les pousser sûrement
au but où il veut les conduire.

XV

La maison isolée.

Rien n'est plus animé que le joli village de
D*** à l'époque de la grande foire de la Saint-
Michel, qui s'ouvre, comme on le sait, le premier lundi d'octobre. Les rues étaient pleines
de joyeux fermiers aux costumes si riches et si
variés; le Léonard à l'aspect froid et sévère, le
Cornouaillais si pittoresque avec ses longs cheveux et ses habits éclatants, les femmes du
Morbihan et des Côtes-du-Nord s'y coudoyaient
dans un gracieux désordre; et sur la place du
marché, couverte alors de baraques de saltimbanques, de boutiques de petits marchands
forains, accourus de bien loin pour vendre du
fil, des aiguilles, des chapelets et des scapu-
laires, on dansait au son des binious et des
bombardes traditionnels, sans lesquels il n'est
point de fête en Bretagne.

Les auberges du village ne suffisaient pas à
nourrir ni à loger une affluence aussi considé-

rable; pour y remédier, dans tous les champs voisins, on avait dressé de blanches tentes de toile qui invitaient le danseur fatigué à se reposer sous leur ombre protectrice; car, quoique au mois d'octobre, comme nous l'avons dit plus haut, le soleil était ardent et la chaleur accablante.

Tout à coup un profond silence se fit dans cette foule si bruyante, la danse cessa, les marchands suspendirent leurs cris, les saltimbanques leurs mélodies, et l'on n'entendit plus que la voix grave et solennelle de la petite église, appelant les fidèles aux vêpres. En moins d'un instant la place fut déserte, les rues silencieuses. C'est qu'il n'est occupation, sérieuse ou amusante, que le Breton ne délaisse pour l'église et la prière, et quand Dieu fait entendre sa voix, personne ne reste insensible à son appel.

Bobèche, comme on le pense, n'avait pas manqué d'embellir cette fête de sa présence, de ses phénomènes curieux, de ses calembours exécrables qui n'arrachaient pas un sourire au grave Léonard.

La troupe était plus brillante que jadis : Bobèche avait engagé un *homme sauvage* et un pître bien différent du brave Thomas, car ce dernier avait un grand défaut aux yeux du maître, celui d'être trop honnête, et, avec ces deux nouveaux *sujets*, Bobèche espérait, comme il le disait, *dégommer* ses concurrents.

Nous pénétrerons dans la maison roulante après la dernière représentation du soir. Il était neuf heures; tous les saltimbanques célébraient leur triomphe le verre d'une main, la fourchette de l'autre. Tout était encore dans le même état que lorsque nous y pénétrâmes pour la première fois; seulement, les meubles et les figures étaient un peu vieillis.

Le souper fini, l'homme sauvage, natif de Bordeaux, et le pître, se retirèrent dans l'enclos de toile où ils couchaient; Jules et l'Endormi dormaient dans un coin, fatigués des travaux de la journée et de la soirée.

Bobèche paraissait sombre et préoccupé.

— Allons, femme, dit-il comme prenant une résolution soudaine, un dernier verre de vin, car j'ai à travailler cette nuit.

— Travailler cette nuit!... fit Césarine étonnée, car elle n'était pas dans les confidences de son mari.

— Oui, travailler, répondit durement Bobèche.

Et avalant d'un trait le verre de vin que sa femme venait de lui servir, il prit une longue corde terminée par un crochet de fer, une pince et un trousseau de clefs. Il cacha ces divers objets sous sa grande blouse de toile.

— Mon Dieu! où vas-tu?... dit Césarine en tremblant.

Bobèche avait réveillé Jules.

— Allons, l'Eveillé, lève-toi et suis-moi.

Jules obéit passivement; il se leva et suivit le saltimbanque, ignorant où ce dernier voulait le conduire.

Ils sortirent de la voiture. La nuit était sombre et épaisse; malgré cela, Bobèche se dirigeait sans hésitation, comme s'il avait déjà parcouru le chemin qu'il suivait.

Ils prirent par la gauche du village et marchèrent vers une petite habitation isolée, que l'on devinait à peine derrière le mur d'un grand jardin.

Arrivé devant la maison, Bobèche s'arrêta.

— Ecoute, dit-il à Jules, j'ai rendez-vous dans cette maison; mais il est important qu'on ne me voie entrer ni sortir. Tu te promèneras donc devant ce mur, et si l'on vient, tu pousseras le houhoulement de la chouette.... Est-ce compris?...

— Oui, fit Jules qu'une crainte vague torturait.

— Et malheur à toi si tu oublies mes paroles...

En achevant ces mots par un geste menaçant, Bobèche introduisit une des clefs de son trousseau dans la serrure d'une petite porte à peine visible derrière les festons de lierre qui tombaient du couronnement du mur. Bobèche avait eu la main heureuse; la porte s'ouvrit aussitôt.

— Souviens-toi de mes paroles, dit-il encore avant d'entrer.

Le saltimbanque, se dissimulant derrière les arbres et les charmilles, avançait dans un immense jardin. Au fond, devant lui, il distinguait la masse confuse d'une habitation : aucune lumière aux fenêtres, pas un bruissement dans le feuillage, partout un profond silence.

La maison était flanquée de deux petites tourelles ornées de balcons de fer s'avançant sur le jardin. Bobèche déploya sa corde et la fit tournoyer dans les airs. Le chanvre s'abattit en sifflant, et le crochet de fer qui en garnissait l'extrémité s'accrocha sur la barre d'appui d'un des balcons.

Le saltimbanque tira à lui; la corde étant bien solide, il la saisit à deux mains et, avec l'agilité d'un chat, grimpa en s'aidant du pied contre la muraille.

Une fois sur le balcon, il poussa la porte-fenêtre qui s'ouvrit sans bruit.

— Si je ne me trompe pas, murmura-t-il c'est ici le cabinet de travail de ce richard?...

En prononçant ces mots, il sortit de sa

poche une petite lanterne sourde et l'alluma.

Le saltimbanque se trouvait dans un petit cabinet simplement meublé d'un grand bureau de chêne, de fauteuils, de chaises et de tableaux suspendus à la muraille.

— C'est bien ici, fit-il avec satisfaction.

Et sans pousser plus avant l'examen des lieux, il s'approcha du bureau et essaya successivement toutes les clefs qu'il avait apportées ; aucune n'allait. Alors il prit sa pince, en introduisit une extrémité sous la tablette du bureau et appuya fortement. Le bois craqua et céda.

— Victoire ! fit le saltimbanque.

Et abandonnant la pince, qui tomba bruyamment sur le parquet, il se mit à bouleverser les papiers renfermés dans le bureau, cherchant l'or qui avait tenté sa cupidité. Déjà il avait rassemblé quelques rouleaux de ce métal et une petite cassette qu'il essayait de forcer, quand le cabinet se trouva soudainement éclairé, et un homme tenant un flambeau d'une main, un pistolet de l'autre, parut dans l'encadrement de la porte.

Bobèche poussa un cri, abandonna la cassette et courut sur le balcon. Cinq mètres à peine le séparaient du sol — un jeu pour un saltimbanque — il enjamba la balustrade et tomba sur la terre molle.

L'homme était déjà sur le balcon ; il tira
mais sans succès, et la lueur de l'explosion lui
montra le saltimbanque, sain et sauf s'enfuyant
par la petite porte.

XVI

Le retour de l'enfant prodigue.

Cependant les domestiques de la maison, brusquement réveillés par la détonation, s'étaient
précipités dans le jardin, et là, munis d'armes
et de lanternes, se livraient à une perquisition
générale ne laissant pas un coin qui ne fût
minutieusement fouillé et refouillé.

Pendant ce temps, la personne que Bobèche
avait tenté de voler s'assurait si ses papiers étaient
intacts et si le saltimbanque n'avait rien emporté.
Le flambeau brûlait sur la cheminée, et sa lueur,
rendue vascillante par l'air frais de la nuit, pénétrant par la fenêtre ouverte, éclairait faible-
ment les objets. Malgré cela l'homme se dessinait
vigoureusement, grâce à la lumière qui le frappait en pleine figure. C'était un beau vieillard
à la barbe, aux cheveux complétement blancs.
Ses grands yeux presqu'éteints, les rides qui
plissaient son front, le rire mélancolique vol-

tigeant sur ses lèvres pincées, tout annonçait qu'une grande douleur avait traversé sa vie.

Bientôt la porte du cabinet s'ouvrit, et deux hommes, poussant devant eux un enfant à l'habit de toile à matelas, entrèrent.

— Nous en tenons toujours un, bourgeois! fit un de ces individus.

Le vieillard se retourna, l'enfant attendait au milieu du cabinet, la tête haute, le regard assuré; aucun signe de honte ne se lisait sur son visage. Ce n'était pas l'attitude d'un coupable; le maître de la maison en fut frappé.

— Où avez-vous trouvé cet enfant? demanda-t-il.

— Ma foi, bourgeois, dit l'homme qui le premier avait porté la parole, voilà comme l'affaire s'est passée : Fort désappointés de n'avoir pu pincer personne, Bernard et moi sortîmes pour aller fermer la petite porte quand nous aperçûmes ce gamin, assis contre le mur, la tête entre les mains... Bon, dis-je à Bernard, pour sûr, ce sont les saltimbanques qui ont fait le coup.

» Bernard partageait mon avis.

» Nous secouons le gamin, et nous lui demandons ce qu'il faisait là : « J'attends mon maître, nous répond l'enfant. » Bon, dis-je à l'ami Bernard, envoyons-le toujours trouver le nôtre!... Nous le crochons, et nous voilà.

Le vieillard avait écouté cet étrange discours avec l'impassibilité la plus grande. Quand le valet eut terminé, il fit deux ou trois tours dans la chambre et s'arrêta devant Jules. Ce dernier soutint cet examen sans courber la tête, et pourtant, il se sentait ému jusqu'au fond des entrailles, et deux grosses larmes roulaient le long de ses joues amaigries par la fatigue et les privations.

— C'est bien, fit enfin le vieillard en se tournant vers les domestiques, vous serez récompensés; mais pas un mot sans mon ordre.

Les valets protestèrent de leur silence et de leur dévouement et sortirent. L'homme resta seul avec Jules.

— Que veut-il faire de moi?... pensa l'enfant, qui, brisé de lassitude, s'était endormi au revers du chemin.

Le vieillard interrompit les réflexions de Jules.

— Malheureux enfant! dit-il d'une voix empreinte de compassion, vous êtes le complice de ce misérable?...

— Non, fit l'enfant avec fermeté, son instrument, je ne dis pas, mais son complice, jamais !

— Ne mentez pas, enfant; à votre âge on

n'est pas complétement perverti, et la sincérité fait pardonner bien des fautes.

Jules ne répondit pas, l'émotion arrêtait les paroles au bord de ses lèvres, et il se sentait prêt à tomber aux genoux de ce vieillard en s'écriant :

— Pardon !... Pardon !...

L'homme reprit :

— Je devrais vous livrer à la justice, et pourtant j'ai pitié de votre jeunesse... Voyons... avouez votre faute... et comptez sur mon indulgence.

— Non, dit encore Jules en le suivant, j'ignorais les desseins du maître, et je ne puis avouer ma participation à une action que je n'aurais jamais commise, dût-on me rouer de coups.

Le vieillard parut surpris de cette énergique affirmation.

— Vous avez le langage bien ferme pour un enfant, dit-il.

— Le malheur mûrit les cœurs, dit amèrement Jules, et j'ai souffert longtemps.

— Quel âge avez-vous donc ?

— Treize ans.

— Treize ans !... l'âge qu'aurait mon enfant, murmura tristement le vieillard.... Où est-il ?... Que fait-il ?... Ah ! pour lui, je me sens prêt à pardonner.

— Je vous rappelle peut-être de tristes souvenirs, fit Jules, à qui l'émotion de son in-
terlocuteur n'avait pas échappé.

Le vieillard courba sa belle tête blanche,
comme si la question de l'enfant eût éveillé en
lui le souvenir d'un passé douloureux. Cependant il fit un effort.

— Votre nom? murmura-t-il.

— L'Eveillé, fit Jules en rougissant.

— Ce n'est pas un nom, l'Eveillé.... Voyons,
mon ami, ayez confiance en moi; dites-moi votre
vrai nom?

— Jules Lenoir, répondit enfin l'enfant en
se cachant la tête derrière ses deux mains.

Si Jules eût observé le vieillard en ce moment, il aurait remarqué l'étrange altération de
ses traits et le voile livide qui couvrit subitement son visage.

— Oh non! murmura-t-il en saisissant brusquement la main de l'enfant. Ne me mentez
pas.... Jules Lenoir n'est pas votre nom, c'est
impossible.

Et sans laisser à Jules le temps de lui répondre, il le traîna près de la cheminée. La
lueur des bougies tombait en plein sur le visage
de l'enfant.

M. Lenoir — car c'était lui — poussa un cri
de joie.

— Oh ! s'écria-t-il, comment ne l'ai-je pas reconnu d'abord ?... Jules, mon enfant.... C'est bien toi.... Ah ! viens dans mes bras !...

— Mon père !... s'écria Jules en tombant aux genoux du vieillard ; comment pourrez-vous me pardonner ?

— Qu'il ne soit pas question du passé, reprit M. Lenoir que la joie suffoquait ; ne songeons qu'à remercier Dieu qui t'a rendu à notre tendresse.

Et tous deux, tombant à genoux, unirent leur voix dans une même action de grâce, qui monta comme un doux hommage aux pieds de l'Eternel.

Quand le vieillard se releva, sa taille courbée s'était redressée, son teint se colorait et son œil brillait d'une joie céleste. Il se dirigea vers la porte et appela d'une voix forte :

— Louise, Adrien, venez, il nous est rendu !...

Quelques instants après, Jules était dans les bras de son frère et de sa mère, et mêlait ses larmes de bonheur à celles qui coulaient de leurs yeux.

Quelques mots d'éclaircissement sont nécessaires ici.

Le lecteur se rappelle encore comment M. Lenoir quitta le charmant village de B***, qui lui rappelait tant de douloureux souvenirs. Après un an passé à visiter l'Italie, le brave négociant

se sentit pris du désir de revoir son pays natal
et de rétablir à l'air pur de la Bretagne sa santé
fort compromise par les derniers événements.
Il avait choisi D***, où il était connu, et c'est
dans sa maison que le hasard, ou plutôt le Seigneur, car il est impossible de ne pas voir l'in-
tervention d'en haut dans cet événement, avait
conduit Bobèche.

Retourné à sa baraque, le saltimbanque fit
vivement ses préparatifs de départ, et, le lendemain, les habitants du village constatèrent
avec étonnement que la place occupée la veille
par la baraque du *roi des acrobates* était complétement déserte.

XVII

Conclusion.

Quelle joie pour la famille Lenoir que la reconnaissance providentielle de ce fils que l'on
croyait perdu à jamais!... Non, le retour de
l'enfant prodigue ne fut pas tant fêté. Pas un
mot de reproche, pas une seule allusion du passé
ne fut adressé à Jules. Pourtant, M. Lenoir
s'aperçut bien vite de l'heureux changement
que trois années de souffrance avaient apporté

dans le moral de son fils. Il en fut ravi de joie,
et, dans l'ardeur de sa foi, il pouvait s'écrier :

— O Dieu ! rappelez-moi à vous, mes yeux
ont vu l'enfant coupable revenir au bien.

Les premiers moments de bonheur passés,
Jules fit à ses parents le récit sincère de ce qui
s'était passé depuis sa fuite de la maison paternelle. Ce récit, qu'il ne put faire sans verser
d'abondantes larmes, toucha profondément
Mme Lenoir; elle pleura avec son fils et, comme
lui, appela les bénédictions du Ciel sur les
braves hôteliers de la Grande-Halte, qui avaient
si généreusement secouru son enfant.

Jules tint religieusement la promesse qu'il
avait faite chez les saltimbanques. Il s'appliqua
de toutes ses forces à contenter ses parents;
aucun effort ne lui coûtait pour cela. Le mot
collége, cause principale de tous les malheurs,
ne fut plus prononcé. M. Lenoir était trop heureux d'avoir retrouvé son fils pour songer à
s'en séparer. Il pria le desservant de D*** de se
charger de l'éducation de Jules : tâche que le
digne prêtre accepta avec joie, se réservant,
par ses pieuses exhortations, d'affermir l'enfant
dans la bonne voie.

Trois mois après son retour chez ses parents,
Jules fit sa première communion. L'enfant avait
compris la gravité de cette action; sa piété et

son repentir sincère touchèrent tous les cœurs.

Comme à l'hôtellerie de la Grande-Halte, une seule chose le chagrinait au milieu de son bonheur : la pensée de l'Endormi. En effet, il lui devait bien ce regret ; car celui qui lui avait montré la profondeur de l'abîme où il était plongé, celui dont les courageux efforts, la douce amitié l'avaient aidé à en sortir, c'était sans nul doute le petit bohémien.

Mais Dieu, satisfait sans doute de la sincérité de son retour à lui, lui réservait une grande joie.

Un beau jour de printemps, M. Lenoir et son fils s'arrêtèrent devant une baraque établie dans un village qu'ils traversaient. Tout à coup, Jules pâlit, et, sans le secours de son père, serait tombé à la renverse. Il venait de reconnaître la baraque et, sur les tréteaux, debout, les bras croisés, la tête tristement inclinée sur la poitrine, l'Endormi son ami.

— Qu'as-tu, mon enfant ? murmura M. Lenoir frappé de l'altération du visage de son fils.

— Là !... dit Jules en étendant la main.

M. Lenoir porta les yeux sur la baraque. Un lambeau de toile coloriée, portant ces mots écrits en lettres rouges : *Troupe acrobatique, sous la direction de l'illustre Bobèche*, flottait au vent.

Le négociant comprit.

— Je te comprends, dit-il à son fils; viens.

— Non, dit Jules qui s'était remis : l'En-dormi est là; je veux le voir.

Et il se disposait à escalader la baraque; son père le retint.

— Pas d'esclandre, dit-il; laisse-moi faire.

M. Lenoir conduisit son fils dans l'une des auberges du village, et se dirigea tranquille-ment vers la baraque du saltimbanque.

A sa vue, Bobèche pâlit : six mois n'avaient pas tellement changé le négociant qu'il ne le reconnût.

— Ecoutez, dit M. Lenoir entraînant le sal-timbanque à l'écart, je puis vous perdre, car il est probable qu'une enquête sur vous amène-rait la découverte de faits autres que ceux dont j'ai failli être victime.

— Que me voulez-vous? dit Bobèche en tremblant; je suis à votre discrétion....

— Remettez-moi l'enfant que vous nommez l'Endormi, et j'oublierai votre conduite.

— C'est ma ruine que vous voulez là!... s'écria piteusement le saltimbanque. M'enlever un sujet que je forme depuis huit ans....

M. Lenoir mit un billet de mille francs dans la main de Bobèche !

— C'est convenu, dit alors ce dernier dont les yeux ne quittaient pas le papier-monnaie.

Puis il appela l'Endormi, qui s'empressa d'accourir.

— Voulez-vous venir avec moi, mon jeune ami? dit affectueusement M. Lenoir.

— Où me conduirez-vous ?...

— Voir Jules, dit le négociant en souriant.

— Oh! partons, s'écria l'enfant, partons !...

Quelques minutes après, M. Lenoir, tenant l'Endormi par la main, pénétrait dans la chambre d'auberge où Jules attendait.

— Voici ton frère, dit-il en poussant doucement l'Endormi.

Les deux enfants se jetèrent dans les bras l'un de l'autre. M. Lenoir, accoudé dans un coin, jouissait intérieurement du bonheur des deux enfants, bonheur qui était son ouvrage.

. . . .

M. Lenoir racheta le manoir et s'y fixa avec toute sa famille, y compris l'Endormi, qui désormais en faisait partie.

Jules, complétement remis de ses erreurs passées, travaille avec courage afin de se faire recevoir à l'école navale de Brest.

Adrien, dont les goûts sont plus modestes, et dont le désir est de ne point quitter ses chers parents, borne son ambition à devenir un bon médecin de campagne.

Quant à l'Endormi, M. Lenoir, frappé de son intelligence, le fit travailler pour l'école normale, d'où il doit sortir bientôt après les plus brillants examens. On lui a promis une chaire de littérature dans un de nos grands colléges ; mais le jeune homme, se souvenant de son enfance, a décliné cet honneur, préférant consacrer ses connaissances, qu'il doit à la bienfaisance de M. Lenoir, à l'instruction des enfants pauvres. Son protecteur n'a pu que l'approuver, et on s'attend de jour en jour à le voir nommer instituteur à B***.

Au milieu de leur joie, nos personnages avaient oublié Bobèche ; mais Dieu s'en souvenait, et le châtiment, pour être différé, n'en fut pas moins terrible.

Le saltimbanque, surpris en flagrant délit de vol avec effraction, fut condamné à la déportation et conduit à Cayenne avec une foule d'autres misérables. Au lieu de s'amender, de reconnaître la justice de la loi qui le châtiait de ses crimes, l'ex-saltimbanque se révolta et essaya de soulever ses compagnons. Leur plan était de poignarder, à l'aide de longs clous aigus qu'ils avaient soustraits à toutes recherches, leurs gardiens, et de s'enfuir dans le pays désert qui environne le pénitencier de Cayenne.

Les mutins n'attendaient plus que le moment

d'agir, leurs mesures étaient prises et la révolte
allait éclater, lorsqu'un des conjurés, effrayé
de la noirceur de l'action qu'ils allaient commettre, révéla l'existence du complot au chef
de l'autorité.

Bobèche, comme instigateur de la révolte,
fut condamné à la peine capitale et exécuté.

Il ne pouvait mieux finir, et cette mort terrible couronna dignement une vie de crimes et
de débauches.

LA

CLOSERIE-DES-BRUYÈRES

LA CLOSERIE-DES-BRUYÈRES

I

L'agression.

Nous introduisons le lecteur dans les vastes plaines sablonneuses avoisinant le petit hameau de Carantec.

Il faisait nuit, une nuit splendide et étoilée; la lune brillait aux cieux, éclairant les vastes solitudes, et se reflétant sur les arbres et les fossés qui se détachaient comme en plein jour.

On était au mois de juin; malgré cela, la brise soufflait âcre et rafraîchissante, le temps était un peu froid.

A l'extrémité de la lande, un homme, monté sur un petit cheval breton, s'avançait lentement, laissant flotter les rênes sur le col de sa monture.

Grâce à la douce clarté de la lune, nous pouvons le reconnaître.

C'était le comte Adrien de Kerglas, un des plus riches propriétaires des environs. Le comte, âgé d'une cinquantaine d'années, était encore droit et vigoureux ; son beau visage, qu'aucune passion mauvaise n'avait flétri, rayonnait de ce contentement, de cette satisfaction de soi-même que donne toujours la conviction d'une vie honorable et bien employée. Il était fort considéré dans le pays ; les pauvres le connaissaient bien, car jamais les portes de son château ni les cordons de sa bourse n'étaient fermés à l'indigent.

Au milieu de la lande, s'élevait une croix rustique entourée de fleurs et de couronnes que les pieux habitants de Carantec y déposaient, chaque année, après la récolte, comme hommage de leur reconnaissance pour les nouveaux biens dont le Ciel les avait enrichis. En passant devant ce signe de notre rédemption, le comte se découvrit respectueusement, et, voyant son cheval souffler et baisser la tête, il mit pied à terre.

— La belle nuit, Laouick ! murmura-t-il en flattant de la main le col de la bête. Que Dieu

est bon de répandre à profusion toutes ces
merveilles, tous ces parfums qui ne devraient
servir qu'à rendre les hommes meilleurs, en
reconnaissance de Celui qui créa toutes ces sublimes choses, mais qui bien souvent, hélas !
ne font que des ingrats...

Le comte soupira; puis, passant autour de
son bras les rênes de Laouick, poursuivit sa
marche.

La lande s'ouvrait sur un de ces chemins
creux si communs en Bretagne... Qu'on se figure
une route étroite et tortueuse, longue souvent
de plusieurs kilomètres, et bordée, dans toute
son étendue, de fossés profonds de six pieds, sur
lesquels croissent enchevêtrées des pousses de
chênes, de hêtres et de frênes. Ces talus, ainsi
recouverts, forment, du dessus de la route, une
espèce de route verdoyante; le lierre, le chèvre-
feuille, les ronces grimpent le long des branches
ou retombent à terre en festons émaillés de
mille fleurettes.

Ces sortes de chemins sont fort dangereux;
c'est là que, pendant les sombres années de
la révolution, les hardis Bretons attendaient,
invisibles, ces hommes qui, le fer et la flamme
à la main, envahissaient leur pays pour y
apporter leurs pensées pernicieuses et leurs
détestables institutions.

Malgré la renommée sinistre de cet endroit, le comte de Kerglas s'y engagea résolûment.

Derrière lui, il lui semblait que l'écho répétait un pas autre que le sien. Il marchait lentement, en homme heureux de jouir des merveilles de la création et de respirer à pleins poumons les fraîches senteurs du foin nouvellement coupé, amoncelé dans les prairies voisines.

Tout à coup il s'arrêta et prêta l'oreille... Il crut entendre, dans les taillis, un froissement de mauvais augure. Plus prompt que la pensée, il sauta sur le dos de Laouick et piqua des deux.

A peine avait-il fait quelques pas que deux détonations soudaines firent trembler le sol, illuminant d'une lueur rouge et sinistre les taillis qui frissonnèrent.

Laouick, atteint de deux balles à la tête, s'affaissa sur le sol, entraînant son cavalier dans sa chute.

Deux hommes, armés de fusils encore fumants, se précipitèrent près du comte.

— Misérables! cria ce dernier qui, la jambe prise sous le corps du pauvre Laouick, essayait vainement de se dégager, que voulez-vous de moi?

— Tout doux, M. de Kerglas! fit avec ironie un des deux individus; vous avez dû voir qu'on n'en voulait pas à votre vie, mais simplement arrêter votre marche.... Depuis longtemps, mon honorable ami, ici présent, et moi, voulions avoir une petite conversation avec vous... si nous nous étions présentés à votre manoir, vous nous en auriez fait chasser, ou, pis que ça, emprisonner.... Ma foi ! nous avons préféré vous attendre sur la route.... Si nos procédés manquent de courtoisie, ne vous en prenez qu'à vous-même... En attendant, causons.

— Oui, causons ! répéta brusquement l'autre bandit.

Pendant cette longue tirade, que le drôle débita avec un cynisme et un aplomb révoltant, le comte, glissant la main sous son habit, en avait tiré un pistolet.

— Donc, reprit le premier individu, je sais, de source certaine, que vous portez un portefeuille passablement gonflé ; il doit être lourd à porter : débarrassez-vous-en en notre faveur, et tout sera dit.... Autrement.

— Autrement ?... répéta le comte qui parvint à armer son pistolet sans exciter la défiance du bandit.

— Nous nous verrons forcés de vous faire passer un mauvais quart d'heure.... Nous sommes deux, vous êtes seul ; la partie n'est pas égale.

— Assez causé. Le portefeuille ! intervint brusquement le digne ami du brigand.

— Moi vivant, vous ne l'aurez jamais ! s'écria le comte.

Et par un suprême effort, il réussit à se dégager. Alors, sautant sur ses pieds, il visa le bandit à la tête.

Le coup partit ; mais le bandit, se baissant, évita la balle qui alla frapper un jeune chêne, à quelques pas derrière lui.

— Il faut en finir, Jégou, cria-t-il à son digne ami.

Le comte murmura le nom du Seigneur, et, tenant son pistolet par le canon, attendit de pied ferme.

Les deux bandits se ruèrent sur lui. Il s'engagea alors une lutte terrible entre ces trois hommes ; le sol piétiné tremblait sous leurs pas ; les oiseaux, effrayés par les détonations successives et les cris sauvages des deux misérables, quittaient en foule les branches qui leur servaient d'asile.

Malgré sa vigueur peu commune, M. de Kerglas fléchissait déjà ; un moment de plus, il était perdu.

Mais Dieu ne devait pas permettre que le crime se consommât.

— Courage ! cria tout à coup une voix partant du fond du chemin, courage!... on vient à votre aide.

— Dépêche, Crenn! cria Jégou, dépêche, ou nous sommes flambés !

Au loin, la terre criait sous des pas lourds et pressés.

———

Le secours.

En entendant cette voix amie crier « courage, » le comte sentit sa vigueur renaître. Il adressa au Ciel, qui envoyait à son aide, un regard reconnaissant, et, s'arqueboutant sur le sol, il étreignit Jégou à la gorge et l'envoya durement rouler sur les pierres du chemin.

Crenn s'était retourné pour faire face au nouvel arrivant.

— Courage ! répétait ce dernier, courage !...

Crenn l'attendait, son fusil désarmé en guise d'assommoir ; mais l'autre avait son *pen-baz* (1), arme terrible entre les mains d'un Breton. Le bâton décrivit dans l'air un cercle rapide et s'abattit en sifflant sur la tête du bandit.

— Misère ! rugit-il.

Et, lâchant son fusil, il tournoya sur lui-

(1) Bâton à tête.

même, et tomba comme une masse, murmurant une dernière imprécation.

En ce moment, le comte se redressait.

Jégou, à demi étouffé, gisait sur la route à côté de son digne complice.

— Merci, dit simplement le comte en tendant la main à son sauveur, vous venez de me rendre un de ces services qui, entre Bretons, ne se payent point par des paroles, mais par une amitié éternelle.

Le nouveau venu, balbutiant quelques paroles incompréhensibles, serra avec embarras la main que lui tendait le comte de Kerglas.

La lune filtrait mystérieusement à travers les branches, éclairant de sa douce lueur la scène du combat.

Le comte en profita pour examiner son sauveur.

C'était un jeune gars à peine âgé de vingt-deux ans, à la physionomie franche et ouverte, à l'œil noir et profond; ses cheveux blonds, tombant en boucles dorées sur ses larges épaules, donnaient à son visage frais et rose une expression presque enfantine.

Il portait le costume des paysans bretons, grand feutre noir, petite veste brodée, large gilet à boutons de métal, et le *brogonbrac* traditionnel; ou large culotte flottante, se rattachant au-dessous des genoux par de petites boucles d'argent. Ses jambes étaient protégées par de longues guêtres de toile, tombant sur de lourds souliers ferrés.

— Il faut nous occuper de l'état de ces deux misérables, dit le comte ; car, quoiqu'ils aient attenté à mes jours, je serais fâché qu'il leur arrivât malheur.

Le jeune homme se pencha sur les corps étendus.

— Tiens ! dit-il après les avoir examinés, c'est Jégou et Crenn, deux *pratiques* finies qui, dans les temps, ont fait la *contre-chouannerie*, pillant, égorgeant, saccageant, et rejetant leurs crimes sur les vrais Bretons qui combattaient pour sauver leur religion menacée.... Cette agression ne m'étonne plus.

Puis, les palpant soigneusement,

— Ne craignez rien, reprit-il en se tournant vers le comte, ils ne sont qu'étourdis ; la fraîcheur de la nuit et la rosée, qui commence à tomber, les auront remis avant qu'il soit une heure d'ici.

Le comte eut un soupir de soulagement.

— Maintenant, Monsieur, continua le jeune homme, permettez-moi de vous souhaiter le bonsoir et de poursuivre mon chemin. Vous n'avez plus rien à craindre ; car, à part ces deux bandits hors d'état de vous nuire, le pays est tranquille.

— Comment, fit le comte étonné, nous quitter ainsi après ce qui s'est passé. Vous ne voulez donc pas cheminer avec moi et faire plus ample connaissance ?...

— Ne parlons plus de ce léger service que j'ai été trop heureux de vous rendre. Je ferais volontiers route avec vous, mais nous n'allons peut-être pas au même endroit.

— C'est ce que j'ignore, dit le comte.

— Je me rends au manoir de Kerglas, peu distant d'ici.

— Comme cela se trouve; j'y vais aussi.

— Alors, Monsieur, si vous êtes étranger au pays, suivez-moi, je vous guiderai.

Le comte sourit; puis, jetant un regard de compassion sur le cadavre du malheureux Laouick étendu en travers du chemin, il poussa un triste soupir.

— Pauvre bête ! murmura-t-il, pauvre Laouick! tu es mort pour ton maître.

Et pour échapper à l'attendrissement qui le gagnait, il pressa le pas.

Le jeune homme marchait à ses côtés, sifflottant entre ses dents.

— Vous vous rendez au manoir de Kerglas? dit le comte après quelques minutes de silence; peut-on vous demander dans quel but?

— Oh! Monsieur, ce n'est un secret pour personne. D'abord, vous saurez que je me nomme Guillaume Madézo, que je suis le fils du père Madézo, un des fermiers du comte de Kerglas, et que nous habitons la Closerie-des-Bruyères, située à une demi-lieue d'ici. Or, il y a de ça huit jours, mon père me dit:

» — Mon gars, tu as eu vingt-deux ans à la Saint-Jean passée, il est temps que tu songes à t'établir. Le père Malgorn me propose sa fille.... te plaît-elle?

» Je répondis à mon père que, connaissant Annaïck Malgorn pour une fille pieuse et honnête, je l'épouserais volontiers.

» Alors mon père reprit:

» — La Closerie du vieux Guéméné est vide depuis longtemps, par suite du décès du pauvre bonhomme; va trouver le comte, propose-lui de l'affermer, et, s'il consent, vous vous établirez là tous deux.

— Et vous espérez trouver le comte à cette heure de nuit? interrompit M. de Kerglas.

— Oh! que nenni, Monsieur; mais nous autres, Madézo, nous avons toujours servi les de Kerglas; ce qui fait que j'ai encore un mien oncle gardien du manoir.... je passerai la nuit chez lui, et demain je verrai le comte.

— Vous le connaissez donc? demanda M. de
Kerglas.

— Non, répondit Guillaume Madézo, mais
quand je lui aurai dit mon nom, il me recon-
naîtra.

Le comte sourit, mais ne répondit pas.

Tout en causant ainsi, ils étaient arrivés
devant le manoir de Kerglas, vieille construc-
tion féodale conservant encore toute sa grandeur primitive.

Le comte agita la sonnette; le vieux Madézo,
un bâton sous le bras, une lanterne à la main,
et escorté d'un grand chien qui sautait et gam-
badait autour de lui, vint ouvrir.

— Monsieur est en retard, dit-il après avoir
salué.

— Oui, mon vieux Pierre; il m'est arrivé
une aventure, cette nuit.

Alors seulement le vieux serviteur remar-
qua le désordre qui régnait dans les habits du
comte, souillés et déchirés en maints endroits.

— Monsieur a été attaqué! dit-il avec une
douloureuse surprise; j'espère qu'il ne lui est
rien arrivé de fâcheux?...

— Non, mon ami; grâce à Dieu et aussi à
ce jeune homme, ton neveu, je m'en suis tiré
sain et sauf. Demain, au point du jour, tu
enverras des hommes dans le chemin creux,

où mon pauvre Laouick git, percé de deux
balles.... Tu feras aussi prévenir le brigadier
de gendarmerie de passer au château; j'ai une
déposition à lui faire.

— Monsieur peut se reposer sur moi.

Le comte se tourna vers Guillaume Madézo,
qui écoutait bouche béante.

— Tant qu'à vous, mon jeune ami, dit-il,
vous pouvez dormir tranquille; je verrai moi-
même le comte de Kerglas. Ainsi votre affaire
est sûre.

Guillaume remercia timidement; puis le comte
s'enfonça sous le vestibule conduisant aux appar-
tements du manoir.

— Quel est ce monsieur qui paraît com-
mander ici? demanda le jeune homme en
aidant son oncle à fermer la grille.

— Comment, mon gars, tu ne le connais
pas?...

— Nullement, mon oncle.

— Et bien, tu peux dire avoir obligé un
fier homme; sois tranquille, il n'oubliera jamais
ce que tu as fait pour lui.

— Quel est-il donc?...

— Eh! ma fine! le comte de Kerglas, *not'*
maître.

— Le comte de Kerglas! s'écria Guilaume
étonné.

— Oui, mon gars, lui-même; mais, continua le bonhomme, entre dans ma cabane, et, en vidant un pichet de cidre, histoire de causer, tu me raconteras comment tu l'as secouru.

III

Retournons maintenant sous le chemin couvert, où, si le lecteur s'en souvient, nous
avons laissé nos deux scélérats.

Le bruit des pas du comte et de son compagnon se perdait à peine dans l'éloignement
que Jégou était déjà debout.

La figure basse et bestiale du bandit paraissait animée des passions les plus féroces, et
dardait à l'extrémité du chemin un œil chargé
de haine.

— Allez! murmura-t-il d'une voix sourde,
allez!... tout ne se passera pas ainsi.... j'aurai
mon tour.

Puis, il s'approcha de son compagnon.

— Crenn, dit-il doucement, lève-toi.... ils
sont partis.

Mais Crenn ne bougeait pas.

Jégou lui posa la main sur le cœur : le cœur
battait toujours.

— Ce n'est rien, dit philosophiquement le bandit, un simple étourdissement.

Et escaladant un talus, il courut à un petit ruisseau, murmurant sous l'herbe à quelques pas de là. Il puisa de l'eau dans son chapeau de feutre et revint asperger le visage de son complice. Sous la fraîche sensation produite par le liquide, que Jégou ne ménageait pas, Crenn poussa un faible gémissement et ouvrit les yeux.

— Où suis-je ?... murmura-t-il en jetant autour de lui des regards effarés.

— As pas peur, dit brusquement Jégou ; ils sont loin.

Crenn se releva avec difficulté.

— Quel coup de bâton ! fit-il en frissonnant ; j'en ai vu trente-six chandelles.

— Souffres-tu encore ? demanda Jégou.

— Oui... beaucoup.... mais ça se dissipe.

— Te sens-tu en état de marcher ?...

— Oh ! j'irais au bout du monde pour fuir cet endroit maudit.

— C'est un peu loin, ricana Jégou ; mais essayons toujours.

Il passa ses bras sous celui de Crenn, le soutint avec autant de sollicitude qu'une mère son enfant. Le bandit, simplement étourdi, se remit promptement.

— L'as-tu reconnu? dit Jégou à voix basse.

— Qui?....

— Celui qui t'a si proprement arrangé.

— Oui, murmura Crenn, c'est Guillaume Madézo : si jamais je le repince.

— Que lui feras-tu.

— Je l'assommerai, répondit brusquement le bandit en montrant des poings de taille à abattre un bœuf.

Jégou haussa les épaules.

— Mauvais moyen, dit-il ; mais, écoute, veux-tu te venger de ce blanc-bec ?

— Et du comte ?

— Et du comte aussi, chacun aura son tour.

— Comment nous y prendre ?.... Demain les gendarmes seront sur *nos trousses ;* et, d'ailleurs, cette aventure les rendra prudents.

— Et si nous n'attendions pas à demain ?.... si nous nous vengions cette nuit ?... tout de suite ?....

— Et le moyen ?... répéta encore Crenn.

Jégou ne répondit pas d'abord ; entraînant son compagnon, il lui souffla quelques mots à l'oreille.

— Crenn, oubliant sa blessure, bondit en arrière.

— Oh ! fit-il en pâlissant, pas cela !...

— Tu *cannes*, railla Jégou ,... tu as peur....

— Non, dit Crenn en frissonnant, non, je n'ai pas peur ; mais songe à la gravité de cette action.... c'est jouer trop gros jeu.

— Alors n'en parlons plus, riposta tranquillement Jégou ; demain Guillaume Madézo se vantera partout de t'avoir assommé comme une poulette.

Crenn serra les poings, ses yeux s'injectèrent de sang.

— Si je savais cela, murmura-t-il d'une voix sombre.

— Et, continua l'implacable Jégou, tu seras obligé de te cacher de honte d'avoir été terrassé par un enfant.

— Non, s'écria Crenn qui brandit ses deux poings menaçants, non cela ne sera pas ainsi ; je veux me venger !

Jégou sourit d'un air de triomphe. Le calme satanique de cet homme contrastait d'une façon étrange avec la colère haineuse qui agitait Crenn.

Jégou faisait le mal pour le mal, raisonnant froidement toutes ses conséquences. Crenn agissait plutôt transporté par la colère que conduit par une pensée quelconque.

— Viens donc, dit Jégou en entraînant son compagnon ; tu es un homme.

Ils cachèrent leurs fusils sous la racine d'un

chêne creusé par le temps, et, pressant le pas, disparurent dans la lande.

Nous allons laisser ces deux misérables poursuivre leurs sinistres desseins, et retourner à Kerglas, où nous avons laissé le comte et le jeune Guillaume Madézo.

———

IV

Le sinistre.

En quittant Guillaume Madézo et son oncle,
le comte s'était enfoncé sous un vestibule où
aboutissait un large escalier de chêne, à la
rampe de cuivre brillant, conduisant aux étages
supérieurs. A chaque repos, de grandes statues,
se dessinant à peine dans une demi-obscurité,
tenaient à la main une lampe de bronze dont la
lumière, adoucie par un globe de cristal dépoli,
jetait sur les objets une lueur pâle et mysté-
rieuse.

M. de Kerglas traversa sa chambre à coucher
où reposaient sa femme et son unique enfant.
Il s'arrêta longtemps près du berceau, écoutant
avec toute la tendresse d'un père la respiration douce et égale s'exhalant de la poitrine du
petit être.

— Dors en paix, pauvre petit ange, murmura-t-il en déposant sur le front de son fils un

doux baiser. Demain, tu remercieras le ciel qui t'a conservé ton père.

Puis il passa dans un petit cabinet de travail, meublé avec ce luxe sévère et grandiose, annonçant l'homme d'étude et l'artiste.

Le mois touchait à sa fin, et M. de Kerglas, voulant tout connaître par lui-même, se faisait apporter chaque soir les livres de son régisseur qu'il examinait et annotait.

La vie du comte était fort occupée, aussi se voyait-il forcé de prendre sur ses nuits le temps nécessaire à ce travail utile ; ce qui ne l'empêchait pas de se lever avec l'aube et de parcourir, en fumant son cigare, ses immenses propriétés, surveillant lui-même les travaux importants qu'il y faisait exécuter.

Une lampe de bronze brûlait sur une table chargée de livres et de papiers. M. de Kerglas approcha un fauteuil et ouvrit une des grandes fenêtres ogivales pour laisser pénétrer dans l'appartement l'air frais de la nuit ; puis il se mit au travail.

Le temps s'écoulait rapidement ; déjà la pendule marquait deux heures.

Tout à coup le comte tressaillit.

Une lueur rouge et sanglante, marbrée de larges taches noires, empourprait une partie du ciel ; le vent chassait d'épais nuages de fumée ;

les arbres et les maisons surgissaient comme
par magie et prenaient sous cette clarté ardente
des proportions sataniques.

Au loin, on entendait comme une vague ru-
meur grandissant d'instant en instant, et bientôt
les cris Au feu! au feu! devinrent distincts.

D'un bond, le comte fut près de la croisée.

Un seul regard suffit pour lui faire tout comprendre.

— Mon Dieu! murmura-t-il avec angoisse,
sauvez-les... le feu est à la Closerie-des-
Bruyères.

Et sans songer à prendre son chapeau, il descendit en courant, semant l'alarme.

Toutes les fenêtres du château s'ouvraient
avec fracas, partout apparaissaient des têtes
effarées.

— Descendez, cria le comte, descendez, le
feu est aux Bruyères!...

— Le feu est à la Closerie! dit tout à coup
une voix désolée. Oh! mon pauvre père!...

Et un jeune homme, les vêtements en désordre, les traits décomposés par la douleur, se
précipita dehors en criant:

— Mon père!... Mes pauvres parents!...
O mon Dieu! sauvez-les!

C'était Guillaume Madézo qui venait d'apprendre cette funeste nouvelle.

12

— Pauvre enfant ! murmura avec compassion le comte de Kerglas ; j'aurais voulu lui épargner cette triste vérité.

En moins de temps qu'il ne faut pour l'écrire, les gens du château, munis de cordes et d'échelles, étaient auprès du comte.

— A la ferme ! cria celui-ci, à la ferme !...

Tous se précipitèrent comme une avalanche par la grille que Guillaume, dans sa douleur, avait laissée ouverte.

— Pierre, dit le comte qui sortit le dernier, monte rassurer madame la comtesse ; dis-lui d'avoir bon espoir et de prier pour nous.

Malgré le vif désir qu'avait le vieux serviteur de voler au secours de son frère, il ne fit aucune objection.

— J'obéirai, dit-il simplement.

Touché de ce dévouement et de cet attachement sincères, le comte lui serra la main. Cet homme juste ne connaissait aucun préjugé.

Puis, il courut rejoindre ses gens qui marchaient toujours.

La route était splendidement éclairée par les reflets immenses de l'incendie. Le comte et ses hommes s'engouffrèrent comme un tourbillon sous le chemin couvert, et passèrent, sans le remarquer, à côté du cadavre du cheval toujours en travers de la route ; mais les deux bandits avaient disparu.

Nous saurons plus tard où ils étaient allés.

A mesure que l'on approchait de la Closerie, une chaleur âcre et pénétrante se faisait sentir ; mais, chose étrange, les flammes ne semblaient par partir du toit de la ferme.

Le comte en fit la remarque.

— Le feu aura *croché* dans les étables, dit un des hommes.

— Non, fit observer un autre, les étables sont trop loin. C'est plutôt dans les foins ; je sais où ils sont, car, l'autre jour, j'ai aidé le fermier Madézo à les ranger.

— Qu'importe où soit le foyer de l'incendie, dit le comte, le principal est d'assister à temps... Courons.

— Courons ! répétèrent les hommes.

Le courage naturel aux Bretons et le vif désir de sauver les malheureux enfermés dans la Closerie doublaient les forces des braves Armoricains.

Ils n'étaient pas les seuls qui eussent aperçu les flammes, car le tocsin sonnait de toutes parts, et, à chaque instant, de nouveaux venus venaient grossir l'effectif de la petite troupe. Cela faisait plaisir aux braves gens de se trouver en nombre et, tout en marchant, on commentait ce sinistre incompréhensible.

Arrivé à un quart de lieu de la Closerie, le comte vit déboucher, d'un chemin de traverse, une quarantaine de paysans, conduits par le curé de Carantec.

Le tocsin sonnait toujours au clocher du village.

— Courage!... cria le pasteur au comte, courage! nous arriverons à temps.

Nulle trace de Guillaume.

Enfin on arriva devant la Closerie.

Le feu avait effectivement pris dans une meule de foin placée derrière la maison. Un vent du nord, froid et violent, chassait les flammèches embrasées sur le toit de la ferme qui commençait déjà à brûler.

Contre la porte, un homme frappait à coups redoublés.

— Mon père! ma mère! criait-il avec douleur, réveillez-vous... le feu est à la ferme.

C'était Guillaume.

Aucun bruit ne se faisait entendre dans l'intérieur de la Closerie, aucun écho ne répétait les paroles lamentables du jeune homme. Partout régnait un silence de mort, et on aurait pu croire que tous les êtres que renfermait la Closerie dormaient du sommeil éternel.

— Enfoncez la porte, cria le comte...

Cinq ou six coups de hache bien appliqués firent voler l'huis en éclats.

Le père Madézo, à demi vêtu, parut sur le seuil.

— Qu'il y a-t-il donc! fit le bonhomme étonné de voir tant de monde devant sa maison.

V

M. de Kerglas n'eut pas le temps de lui répondre ; la lueur rouge et ardente qui éblouit ses yeux lui fit tout comprendre.

— Seigneur, cria-t-il en levant les bras au ciel, sauvez-nous !

Et le malheureux fermier se précipita dans l'intérieur de la Closerie en pleurant et gémissant.

— Dieu soit loué ! s'écria M. de Kerglas, nous sommes arrivés à temps.

Sur son ordre, les paysans s'éparpillèrent dans la ferme et les granges, enlevant tous les objets légers ; d'autres tiraient de l'eau du puits, ou, armés des premiers ustensiles qui leur tombèrent sous la main, firent la chaîne jusqu'à la prairie la plus voisine. Mais ces faibles moyens étaient insuffisants à combattre le fléau ; la ferme brûlait toujours.

Tous les gens de la Closerie avaient pu se sauver; on le croyait du moins.

Guillaume travaillait avec énergie; le vieux Madézo, assis sur une pierre, la tête entre les mains, regardait d'un œil morne et hébété les flammes ramper, se tordre et danser sur le toit de sa maison.

Toutes les ressources amassées pendant une vie de peine et de travail s'en allaient en fumée!...

De temps en temps, un déluge de pierres noircies et calcinées s'abattaient sur le sol, mettant en grand danger la vie des courageux travailleurs; parfois aussi, un pignon miné par l'incendie s'éboulait avec fracas; des torrents de flammes et de fumée se précipitaient par toutes les issues; puis un coup de vent chassait ce voile épais, et les flammes apparaissaient de nouveau dansant et crépitant, les animaux à qui on avait ouvert les portes des étables couraient de tous côtés, effarés, effrayés; partout un spectacle de ruine et de désolation.

Tout à coup, à une des fenêtres supérieures, une tête apparut enveloppée d'un épais nuage de fumée.

— Guillaume!... cria une voix éplorée, Guillaume!... à moi!...

Mais Guillaume était loin ; travaillant derrière la maison, il ne pouvait entendre.

— Ma fille !... gémit le vieux Madézo en tendant vers la fenêtre ses bras glacés par l'âge, ma fille !... tout ce qui me reste à qui sauvera mon enfant !...

Les hommes se regardèrent indécis, émus de cette grande douleur ; mais personne ne bougeait, le danger était effrayant : des flots de fumée noire et asphyxiante sortaient en tourbillonnant de la fenêtre où la malheureuse implorait toujours.

— Ma fille !... sauvez ma fille !... répétait le bonhomme.

Ces cris étaient déchirants ; plus d'un sentit les larmes lui mouiller les paupières ; cependant personne n'osait se risquer.

Ce que voyant, le recteur de Carantec saisit une échelle et l'applique résolûment contre le mur au-dessous de la fenêtre.

On n'apercevait plus la jeune fille.

Le brave pasteur se disposait à monter lorsque le comte de Kerglas le retint.

— Restez, mon Père, dit-il, c'est à moi de sauver cette enfant ; je suis lâche d'avoir hésité.

— Non, mon fils ; songez à votre femme et à votre enfant... moi je n'ai rien qui me retient sur cette terre; laissez-moi monter.

— Eh bien, nous irons ensemble, fit le comte.

Et avec toute la vigueur et l'agilité de son jeune âge, le comte de Kerglas gravit quatre à quatre les échelons qui tremblaient sous son poids.

Le recteur le suivait.

Le comte enjamba l'appui de la croisée; ses yeux, cherchant dans l'obscurité, n'aperçurent rien.

— Guillemette! Guillemette! cria-t-il.

Personne ne répondit.

Le comte avança d'un pas, mais recula presqu'aussitôt; sa respiration s'échappait haletante de sa poitrine oppressée, et la fumée, pénétrant dans sa bouche et ses yeux, le suffoquait.

— Mon Dieu! murmura-t-il, sauvez-la.

Sa prière fut exaucée: en reculant, son pied heurta un objet mou qui le fit trébucher; il se baissa et prit dans ses bras le corps de la jeune fille.

— Dépêchez-vous! criait le recteur.

M. de Kerglas avança en trébuchant. Arrivé près de la fenêtre, il remit au pasteur Guillemette évanouie; puis il se prépara à descendre à son tour.

Un cri d'horreur retentit, poussé par tous les spectateurs de ce drame palpitant d'émotion.

Le comte se pencha de nouveau ; il ne vit plus l'échelle !

Pourtant la jeune fille et le pasteur étaient sains et saufs dans la cour. La flamme et la fumée enveloppaient le comte d'un épais rideau.

— Je suis perdu ! pensa-t-il. Seigneur, que votre volonté soit faite !

Ses esprits l'abandonnaient déjà, tout tournait autour de lui, et il allait tomber, lorsque tout à coup il se sentit enlever entre deux bras robustes, et l'air frais de la nuit vint lui rafraîchir le visage.

Alors il regarda son sauveur....

C'était encore Guillaume, qui, pour la deuxième fois dans cette nuit funeste, venait de le sauver.

VI

Châtiment.

Nous avons laissé nos deux maîtres fripons, seuls sous le ciel étoilé, méditant de sinistres projets.

Ils pressaient le pas, leur figure bestiale brillait d'une satisfaction haineuse.

Une fois lancé, Crenn fut vite au diapason de son complice.

— Vois, fit remarquer Jégou, le vent souffle du nord... il est pour nous.

L'œil de Crenn s'alluma, brillant d'un feu sombre.

— Je serai donc vengé ! murmura-t-il en serrant les poings.

Les deux bandits avançaient avec précaution, se dirigeant vers la Closerie-des-Bruyères dont la sombre silhouette se détachait nettement sur l'azur foncé du ciel.

Parfois ils couraient de toutes leurs forces,

ou se glissaient comme des reptiles à travers les landes et les genêts. Jégou paraissait pressé; Crenn, que le maître coup de bâton de Guillaume Madézo faisait encore souffrir, le suivait avec peine.

— Viens donc, ne cessait de répéter Jégou; le temps se passe, et nos affaires n'avancent pas.

Mais loin de presser le pas, Crenn faiblissait davantage. Jégou fut obligé de le soutenir.

— Femmelette, va! murmura-t-il entre ses dents.

Enfin, après bien des peines et des difficultés, ils arrivèrent derrière la Closerie sans que le chien eût donné l'éveil.

Qu'allaient-ils faire près de cette honnête maison?...

C'est ce que nous allons savoir.

— A l'œuvre! dit Jégou avec une énergie farouche, à l'œuvre!...

Crenn arracha d'une meule quelques brins de foin et les tordit en fascine.

— Misère! rugit Jégou, je n'ai pas mon briquet.

— J'ai mon couteau, dit Crenn à voix basse; mais, *par l'enfer!* hâtons-nous.

— Voilà qui est fait, reprit Jégou en s'emparant du couteau.

Puis, tirant de sa poche un silex et de l'amadou, il battit le briquet. Les étincelles jaillirent sous l'acier, et l'amadou prit feu. Alors Jégou l'introduisit sous la fascine improvisée et souffla de toute la force de ses larges poumons. L'amadou pétilla bientôt, communiquant sa flamme au brandon incendiaire.

— Bon vent! cria le misérable en poussant un ricanement sinistre.

Et il jeta la fascine sur le tas de foin.

— Filons ! dit Crenn.

— Un instant, dit Jégou avec un sourire satanique et en se croisant les bras ; l'ouvrier aime à contempler son œuvre.

Et le misérable ricanait toujours.

— Misère ! s'écria Crenn en frissonnant de terreur, nous sommes flambés.

— C'est la *case* (1), et non nous, répondit tranquillement Jégou.

Et, se retournant, il aperçut un énorme bouledogue qui s'avançait sur lui la gueule béante.

— Ah! petit, tu veux en tâter? fit-il en reculant d'un pas. *Viens donc voir de quel bois je me chauffe....*

Il reculait toujours, étreignant avec rage le manche de son couteau.

(1) Maison.

Le chien poussa un hurlement strident et bondit en avant.

Jégou, acculé contre un pan de mur, ne pouvait plus reculer.

Crenn, glacé d'effroi, contemplait la lutte terrible qui s'engagea entre l'homme et le chien.

Jégou était horrible à voir ; la vue du sang ou l'idée du mal le transfiguraient ; le molosse s'attachait à sa poitrine, essayant de le saisir à la gorge. L'incendiaire sentait son souffle âcre et brûlant lui passer sur le visage, et il ricanait toujours de ce rire aigu et satanique qui lui était particulier. Chaque fois que la bête bondissait, chaque fois il lui enfonçait dans les côtes, jusqu'au manche, la lame de son couteau poignard.

Et cela dura longtemps, jusqu'à ce que, n'y pouvant plus, le chien lâcha prise et tomba sur le sol, étouffant un dernier hurlement.

Pendant cette lutte, le vent, activant la flamme que les deux bandits avaient allumée, faisait déjà flamber le sommet des meules.

— Ça chauffe... dit Jégou en jetant loin de lui son couteau teint de sang. Dans une heure, la cassine flambera... En route !

Et il partit d'un pas assuré.

Crenn le suivait tremblant de tous ses membres. Bientôt ils se perdirent dans les bruyères,

— d'où la Closerie tirait son nom, — espérant gagner Carantec avant que l'incendie n'éclatât.

Mais si l'homme propose, souvent Dieu dispose, et les misérables devaient payer cher ce dernier forfait.

Les meules s'enflammaient de plus en plus, et du foyer incandescent partait une lueur immense éclairant le pays à une lieue à la ronde.

Tout à coup Jégou fit signe à son compagnon de s'arrêter.

On entendait un bruit de pas résonner lourdement sur le sol; et, à l'extrémité de la lande, deux silhouettes humaines se profilaient sur le ciel embrasé.

— Sauve qui peut! cria Jégou.

Et, prenant son élan, il franchit d'un bond un fossé séparant la lande d'un petit bois de sapins.

Crenn voulut l'imiter; mais il sauta maladroitement: ses pieds s'embarrassèrent dans les ronces qui couvraient le fossé, et il tomba en poussant un cri de douleur.

Le misérable venait de se faire une large blessure à la tête.

Jégou s'enfuyait toujours.

Les deux hommes, qui étaient d'honnêtes

fermiers venant de Vannes où ils étaient allés vendre des moutons, s'arrêtèrent.

— Père Malgorn, dit l'un, il me semble avoir entendu un cri de souffrance partir de la sapinière.

Le vieux prêta l'oreille.

— Tu te seras trompé, mon gars, fit-il après un moment de silence. C'est la brise qui gémit dans les bruyères.

Un deuxième gémissement, plus plaintif encore, se fit entendre de nouveau.

— Seigneur Dieu! dit le vieux fermier, qui cette fois avait bien entendu, tu as raison, mon gars, il y a là un homme en danger.

— Quel qu'il soit, il faut le secourir; Dieu nous en tiendra compte.

Et sans attendre la réponse du père Malgorn, le gars enjamba le fossé; le vieux fut bien vite derrière lui.

— Où est-il? fit le jeune homme.

Une plainte déchirante lui répondit; il se baissa, et ses mains rencontrèrent le corps du misérable.

— Au nom du Ciel, grâce!... râla Crenn, grâce!... je vous dirai tout.... Ce n'est pas moi, je le jure...

Le misérable se tordait sur le sol, rougi du sang qui s'échappait avec abondance de sa blessure.

— M'est avis qu'il délire , fit le jeune gars.

Le vieux ne répondit pas.

En ce moment, la ferme, s'embrasant, illumina le ciel d'une lueur plus vive encore : on entendait de tous côtés le tocsin lugubrement sonner.

— Le feu!... s'écria le vieux Malgorn , le feu dans la direction des bruyères !

— Oh ! supplia Crenn , ne le dites pas.

Les deux paysans se regardèrent avec épouvante ; une partie de la vérité se fit jour dans leur cerveau.

— M'est avis, dit encore le jeune gars , que nous avons fait là une mauvaise besogne en secourant ce mauvais garnement, et qu'il serait plus prudent de quérir les gendarmes que le médecin.

— On ne doit jamais regretter le bien que l'on peut faire, Jacques, dit gravement le père Malgorn ; secourons d'abord ce malheureux , et après nous verrons.

Jacques courba la tête sous ce reproche judicieux et aida le vieux paysan à couper quelques branches de sapins qu'ils confectionnèrent en civière ; puis ils chargèrent sur ce brancard improvisé le blessé qui ne cessait de se plaindre et de délirer.

Les deux paysans traversèrent la lande pour

se rendre à Carantec, où ils arrivèrent assez à temps pour se joindre à la petite troupe des sauveteurs.

Crenn fut déposé dans une ferme ; le médecin appelé jugea la blessure très-grave, et, après avoir recueilli de la bouche du blessé quelques aveux pleins de réticences, prévint le brigadier de gendarmerie résidant au hameau, qui, de son côté, avisa.

VII

Conclusion.

Laissons quelques jours s'écouler.

Le comte de Kerglas avait fait transporter à la Closerie-Guéméné — vide, comme on le sait — tout ce que l'on avait pu sauver de la ferme incendiée, et la famille Madézo, qui malgré ses chagrins se portait à ravir, y fut installée en attendant mieux.

Laissons-les donc se consoler de leur malheur et bénir le comte de Kerglas dont l'incessante bonté ne cessait de leur prodiguer des marques de sa gratitude, et revenons au malheureux Crenn.

Crenn, exalté par sa douleur et surtout par le ressentiment que lui causait le lâche abandon de Jégou, fit des aveux complets.

Il raconta comment, ivres de rage d'avoir été contrecarrés par Guillaume dans leurs projets sur la personne du comte de Kerglas, ils avaient résolu de mettre le feu à la Closerie, et de profiter du trouble que causerait ce sinistre pour s'introduire dans l'intérieur du manoir et s'y livrer à un pillage en règle.

Grâce à ces indications, on trouva aussi dans les cendres le couteau, carbonisé, mais encore reconnaissable, qui avait servi à allumer le brandon incendiaire.

A la suite de ces informations, ordre fut donné à la gendarmerie départementale de traquer Jégou et de l'arrêter partout où on le trouverait.

Pendant ce temps, la blessure de Crenn s'envenimait, la gangrène se mit dans la plaie, et, malgré les soins empressés qui lui furent prodigués, tout espoir de le sauver fut perdu.

Le misérable le sentait.

Crenn n'était pas une mauvaise nature. Certes, il avait commis bien des crimes, mais toujours sous la funeste instigation de Jégou.... Si cet homme avait reçu une bonne éducation, et surtout si de solides principes de piété et de droiture l'avaient pris au berceau, il aurait fait un honnête homme; mais, orphelin et livré de bonne heure aux pernicieux conseils de Jégou et de quelques scélérats de son espèce, il s'était peu à peu endurci au mal.

Chaque jour, le bon recteur de Carantec venait passer une heure à son chevet, car l'état
du blessé était trop grave pour que l'on pût le
transporter à Vannes.

D'abord, Crenn le repoussa, mais peu à peu
il se sentit pénétré de la grandeur de la religion, et de respect pour l'homme qui, au nom
de Celui qui a tout pardonné, lui promettait la
rémission de ses crimes.

Un jour, en entrant, le pasteur le trouva
plus pensif et plus triste qu'à l'ordinaire.

— Qu'avez-vous, mon enfant? dit le prêtre.

— Mon Père, répondit le misérable, j'ai
bien médité, pendant mes longues nuits de
souffrances et d'insomnie, sur tout ce que vous
m'avez dit.... Mais j'ai peur !... Mes fautes sont
trop grandes... elles ont dépassé la mesure...
Dieu ne me pardonnera pas....

— Ayez confiance, mon fils; Dieu, comme
sa bonté, est infini.

— Ah ! pourquoi ai-je oublié la prière que ma
mère me faisait réciter lorsque j'étais enfant?...
Si je l'avais dite chaque soir, comme elle me l'a
recommandé en mourant, je ne serais pas ici.

— Voulez-vous que nous la disions ensemble?
fit le prêtre avec douceur.

Pour toute réponse, le malheureux lui prit
les mains et les porta à ses lèvres.

Alors le prêtre récita, de sa voix solennelle et grave, les sublimes paroles du *Credo*. Crenn les répétait après lui.

A dater de ce moment, un changement sensible s'opéra dans le moral du malheureux, et c'était avec plaisir maintenant qu'il voyait venir le prêtre qu'il avait d'abord repoussé.

— Mon Père, lui dit-il un jour, le médecin vient de m'annoncer que je ne verrais pas luire le soleil de demain.... Je suis heureux de mourir.

— Pourquoi cela, mon enfant ?

— Parce que si je guérissais, reprit le malade d'une voix affaiblie, il me faudrait aller dans cet enfer que l'on nomme le bagne... et peut-être... être accouplé à la même chaîne que Jégou !

Le prêtre se retira le cœur plein de joie et de douleur : de douleur de ce qu'un homme allait quitter la terre, de joie de ce qu'une âme venait d'être arrachée au démon.

Il passa la nuit avec le moribond, qui lui fit une confession générale de sa vie si coupable. Le prêtre lui pardonna au nom du Seigneur. Le lendemain, Crenn mourait en chrétien, après avoir reçu toutes les consolations que la religion prodigue à ceux qui souffrent.

Jégou, traqué comme une bête fauve, fut

arrêté dans les landes où il essayait de se dérober aux poursuites dirigées contre lui. Conduit à Vannes, il nia d'abord être l'auteur de l'incendie de la Closerie; mais en apprenant que Crenn avait fait des aveux complets, il changea de ton et avoua son crime avec un cynisme révoltant.

La loi ne plaisante pas avec les incendiaires; Jégou, reconnu coupable de tentative de meurtre avec préméditation, d'incendie et d'autres méfaits dont la liste serait trop longue, fut condamné aux travaux forcés à perpétuité.

Espérons que la grâce le touchera et que le repentir adoucira ses derniers jours.

Le comte de Kerglas fit rebâtir la Closerie-des-Bruyères, la fournit des bestiaux et des instruments nécessaires à une grande exploitation rurale, et, le jour du mariage de l'heureux Guillaume avec la belle Annaïck Malgorn, lui remit un contrat assurant aux deux époux la pleine et entière propriété de la Closerie et de ses dépendances.

Aujourd'hui, Guillaume vit encore; il est le seul représentant de cette honnête famille des Madézo, si considérée en Bretagne.

Le Ciel lui a refusé des enfants, mais Guillaume s'en est noblement vengé : il a adopté le fils d'un pauvre cultivateur ruiné et l'élève

comme son propre fils , lui réservant son héri-
tage.

Espérons que le Ciel lui sera toujours pro-
pice, et disons avec regret adieu à la Closerie-
des-Bruyères.

FIN

TABLE

LES AVENTURES DE L'ÉVEILLÉ

LA CLOSERIE-DES-BRUYÈRES

CHEZ LE MÊME ÉDITEUR

ET CHEZ LES PRINCIPAUX LIBRAIRES

☞ *En envoyant le prix en timbres-poste, ou en un mandat de la poste, on recevra* franco *à domicile.*

Volumes grand in-8° à 4 fr.

AYMAR; par Marie Emery.

DE LA LOIRE AUX PYRÉNÉES; par la comtesse de la Grandville.

FASTES DE LA MARINE FRANÇAISE (les); *marine marchande, découvertes, explorations scientifiques*; par A. S. de Doncourt.

FASTES DE LA MARINE FRANÇAISE (les); *marine militaire*; par le même.

FASTES MILITAIRES DE LA FRANCE (les); par le même.

HISTOIRE ANECDOTIQUE DES FETES ET JEUX POPULAIRES au moyen âge; par Mlle Amory de Langerack.

ITINÉRAIRE DE PARIS A JÉRUSALEM, par Chateaubriand; édition revue par M. de Cadoudal.

LES MISSIONS CATHOLIQUES DANS TOUTES LES PARTIES DU MONDE; par M. de Montrond.

MARTYRS (les), par Chateaubriand; édit. revue par M. de Cadoudal.

MODÈLES LES PLUS ILLUSTRES (les) dans le sacerdoce et la religion; édition complétement revue et augmentée; par M. de Montrond.

PERLES DE LA LITTÉRATURE CONTEMPORAINE; par Mme de Gaulle.

RÉCITS DU FOYER; par Mme Bourdon.

RECITS D'UN BON ONCLE sur l'Europe, l'Asie, l'Afrique, l'Amérique et l'Océanie; imités de l'anglais, par Mme de Montanclos; ornés de 25 *vignettes*.

SOUVENIRS D'HISTOIRE et de littérature; par M. Poujoulat.

UNE VISITE A CHACUN; par A. E. de l'Etoile.

VOYAGE DANS LES INDES OCCIDENTALES, traduit de l'anglais d'Angus Reach, par Mme Léontine Rousseau.

Grand in-8° à 2 fr. 50.

ADHÉMAR DE BELCASTEL, ou Ne jugez pas sans connaître; par Mme de Gaulle.

CHINE ET LA COCHINCHINE (la) : géographie physique et politique; climat, productions, expédition franco-anglaise, expéditions françaises en Cochinchine depuis leur origine; notice sur l'empire annamite; par J. E. Roy.

FAITS MIRACULEUX DE LOURDES (les principaux); par M. l'abbé Barbé.

GEORGES BERTRAND, ou Dix Ans à la Nouvelle-Zélande; par A. S. de Doncourt.

QUINZE NEVEUX DE MONSIEUR PLANCHON (les); par Abel
    George.
RUSSIE (Histoire de la), depuis les temps les plus reculés; par
    J. E. Roy; continuée jusqu'à nos jours par M. de M.
SOUVENIRS D'ITALIE; par le marquis de Beauffort.
TRAITS ÉDIFIANTS; par M. D***.

In-8° (de 600 pages environ) à 4 fr. 50.

CHATEAU DE BOIS-LE-BRUN (le), suivi de : LAURE DE
    CERNAN, par S. Bigot.
EXPLICATION DES EPITRES ET ÉVANGILES de tous les
    Dimanches et des principales fêtes de l'année; par le T.-H. F.
    Philippe, supérieur général des Frères des Écoles chrétiennes.
HISTOIRE DE LA VIE DE N.-S. JÉSUS-CHRIST; par le P. de
    Ligny; suivie d'un Précis des Actes des apôtres.
SOUVENIRS DE VOYAGE : la Suisse, le Piémont, Rome,
    Naples, toute l'Italie; par la comtesse de la Grandville.
TRIOMPHE DE L'ÉVANGILE (le); traduit de l'espagnol par
    Buynand des Echelles.

In-8° à 2 fr. 50.

AUVERGNE (Mgr) : ses voyages au mont Liban, au Sinaï, à
    Rome, etc.
CHATEAU DE BOIS-LE-BRUN (le); par S. Bigot.
CHRISTIANISME AU JAPON (le); par M. le comte de Lambel.
CONSTANTINOPLE, depuis Constantin jusqu'à nos jours; par
    M. de Montrond.
DIEU, le Christ, son Eglise, ses Sacrements; par M. l'abbé Petit.
DORSIGNY (les), ou Deux Educations; par S. Bigot.
ÉTUDES ET PORTRAITS; par M. Poujoulat.
GERBERT, archevêque de Reims, pape sous le nom de Sylvestre II:
    sa vie et ses écrits; par M. l'abbé Loupot.
LACORDAIRE (le P.); par M. de Montrond.
LAURE DE CERNAN; par S. Bigot.
MUSICIENS LES PLUS CÉLÈBRES (les); par le même.
NAPLES : histoire, monuments, beaux-arts, littérature. L. L. F.
POÈTES LES PLUS CÉLÈBRES : français, italiens, anglais,
    espagnols.
PRÉLATS les plus illustres de la France; par M. de Montrond.
SAINT AMAND (Histoire de), évêque-missionnaire, et Étude sur
    l'état du christianisme chez les Francs du Nord au viie siècle;
    par l'abbé C. J. Destombes.
SAINT AMBROISE; sa vie et extraits de ses écrits.
SAINT ATHANASE; sa vie et extraits de ses écrits.
SAINT AUGUSTIN, évêque d'Hippone; sa vie et extraits de
    ses écrits.
SAINT BASILE; sa vie et extraits de ses écrits.
SAINT BERNARD; sa vie et extraits de ses écrits.

SAINT CYPRIEN ; sa vie et extraits de ses écrits.

SAINT ÉLOI (Vie de), évêque de Noyon et de Tournai, par saint Ouen ; traduite et annotée par l'abbé Parenty. 2 *grav. sur acier.*

SAINT ÉPHREM ; sa vie et extraits de ses écrits.

SAINT GRÉGOIRE DE NAZIANZE ; sa vie et extraits de ses écrits.

SAINT JEAN CHRYSOSTOME ; sa vie et extraits de ses écrits.

SAINT JEROME, solitaire et prêtre ; sa vie et extraits de ses écrits.

SAINT LAURENT, diacre et martyr ; par M. l'abbé Labosse. 4 *grav.*

SAINT MARTIN, évêque de Tours ; par M. de Montrond.

SAVANTS LES PLUS CÉLÈBRES ; par le même.

SICILE (la) : souvenirs, récits et légendes ; par M. l'abbé V. Postel.

SOUVENIRS DE VOYAGE ; par Mme de la Grandville. 2 *vol.*

SYRIE (la) en 1860 et 1861 : massacres du Liban et de Damas, et expédition française ; par M. l'abbé Jobin. *Carte.*

VARIÉTÉS LITTÉRAIRES ; par M. Poujoulat.

VENDEVILLE (Mgr Jean), évêque de Tournai ; par le R. P. Possoz.

WISEMAN (le cardinal) : étude biographique ; par M. de Montroud.

In-8º à 1 fr. 50.

A TRAVERS L'OCÉANIE ; par Mme la comtesse Drohojowska.

BON CONSEILLER (le) : avis, maximes, sentences. *Avec approb.*

CONQUETES DU CHRISTIANISME en Asie, en Afrique, en Amérique et en Océanie ; par C. Guénot.

DE LA SALLE (le V. Jean-Baptiste), fondateur des Ecoles chrétiennes.

DEUX VOCATIONS ; par S. Bigot.

DOM LÉO, ou le Pouvoir de l'amitié ; par E. S. Drieude.

EDMOUR ET ARTHUR ; par le même.

EMPEREURS ROMAINS (Histoire des), d'après Crevier ; par M. Boissart.

ÉPREUVES DE LA PIÉTÉ FILIALE (les) ; par E. S. Drieude.

ÈRE DES MARTYRS (l') ; par l'abbé de Saint-Vincent.

ESPAGNE (Histoire d'), par J. E. Roy ; continuée jusqu'à nos jours, par Mme la comtesse Drohojowska.

EUROPE CHRÉTIENNE (l') ; par C. Guénot.

FÊTES CATHOLIQUES (Histoire des) ; par Mlle Amory de Langerack.

FLEURS DES MARTYRS au XIXe siècle : Chine et Cochinchine, par A. S. de Doncourt.

FLEURS DES MARTYRS au XIXe siècle : Corée et Maduré par le même.

FRANCIS, ou un Cœur chrétien, par A. E. de l'Etoile.

GUERRE DE CENT ANS (la), entre la France et l'Angleterre, par A. de la Porte.

GUERRE DU MEXIQUE (la), 1861-1867 ; par M. L. Le Saint.

GUERRE ENTRE LA FRANCE ET LA PRUSSE (la), 1870-1871 ; par le même.

— Ce volume est précédé d'une CARTE COMPLÈTE du théâtre de la guerre.

HISTOIRE NATURELLE, d'après Cousin-Despréaux.

JOURNAL DE COTILDE; par Mlle S. Wanham.

LA TOUR D'AUVERGNE (Histoire de), 1er grenadier de France; par A Buhot de Kersers.

LIEUX SAINTS (les); par Mgr Maupoint, évêque de Saint-Denis.

LORENZO, ou l'Empire de la religion; par E. S. Drieude.

MARDIS DE MARGUERITE (les); par Marie Emery.

MARIE-ANTOINETTE et MADAME ELISABETH; par F. Lafuite.

MARIE STUART, reine de France et d'Ecosse; par A. Laurent.

MARTYRS DU JAPON (les); par M. de Montrond.

MENDIANTE DE SAINT-EUSTACHE (la); par Mme C. Breton.

MORTS HEROÏQUES (les) pendant la guerre de 1870-1871 et pendant la Commune; par C. d'Aulnoy.

MOSAIQUE DE LA JEUNESSE : variétés intéressantes et instructives. 28 *gravures.*

PAGE DU COMTE DE FLANDRE (le); par M. Barbé.

PÉLERINAGE EN TERRE SAINTE; par M. l'abbé Daspres.

ROSARIO : histoire espagnole; par E. S. Drieude.

SANCTUAIRES les plus célèbres de la sainte Vierge en France, par M. de Gaulle. (Première partie.)

SANCTUAIRES les plus célèbres de la sainte Vierge en France ; par le même. (Deuxième partie.)

SCÈNES DE LA VIE DES ANIMAUX; par M. P...

SIÈGE DE PARIS (le) : journal historique et anecdotique; par Ed. Delalain.

SOLITAIRES D'ISOLA-DOMA (les); par E. S. Drieude.

SOUVENIRS DES AMBULANCES; par A. S. de Doncourt.

UNE GUERRE DE FAMILLE; par Marie Emery.

YOULOFI (les) : histoire d'un prêtre et d'un militaire français en Afrique; par de Prés.

In-8° à 1 fr. 25.

ALGÉRIE CHRÉTIENNE (l'); par A. Egron.

ALGÉRIE (l') : promenade historique et topographique; par le Dr F. Andry.

AMICIE; par Marie Emery.

APOTRE DE LA CHARITÉ (l') : vie de saint Vincent de Paul.

ARMAND RENTY; par J. Aymard.

BANQUE DU GATINAIS (la); par Abel George.

BIOGRAPHIES LORRAINES; par M. le comte de Lambel.

BRUNO, ou la Victoire sur soi-même; par Mme de Gaulle.

CROISE DE TORTONA (le); par C. Guénot.

DEUX AMIS (les); par S. Bigot.

DEVOIR ET VERTU, ou les Forges de Buzançais.

DÉVOUEMENT D'UNE JEUNE FILLE ; par Mlle Beaujard.

ÉMERAUDE DE BERTHE (l'); par M. Ange Vigne.

ENFANT DE L'HOSPICE (l'); par Marie de Bray.

EPISODES ET SOUVENIRS DE LA GUERRE DE PRUSSE; par M. de Montrond.

ERMITAGE DE SAINT-DIDIER (l'); par Hubert Lebon.

EXEMPLES TRAÇANT LE CHEMIN DE LA VERTU (les).
FERME DE VALCOMBLE (la); par M. Th.
FERNAND DELCOURT; par S. Bigot.
FLEURS PRINTANIÈRES; par M. de Montrond.
FOIRIER DE MATTAINCOURT (le Bx); par M. le comte de Lambel.
FRÈRE ET LA SŒUR (le); par F. Villars.
GERMAINE COUSIN (sainte); par M. de Montrond.
GROTTE DE LOURDES (la); par Mlle Amory de Langerack.
HISTOIRES CURIEUSES ET ÉDIFIANTES, tirées des meilleurs
   auteurs; par l'abbé Baudrand.
ILE DES NAUCLÉAS (l'); par Mme Grandsard.
JEANNE D'ARC; récits d'un preux chevalier; par M. de Montrond.
JOB LE LAPIDAIRE; par Abel George.
LAZZARO LAZZARI, voyage humoristique en Italie; par le même.
LES SOIRÉES DU VIEUX MANOIR; par M. du Hausselain.
LEQUEL DES DEUX? par S. Bigot.
MÉMOIRES D'UNE ORPHELINE; par Marie Emery.
MES PAILLETTES D'OR; par M. de Montrond.
NÈGRES DE LA LOUISIANE (les); par Marie Emery.
NEVEUX DU MISSIONNAIRE (les). A. M. D. G.
OU SE TROUVE LE BONHEUR? par A. S. de Doncourt.
PITCAIRN; histoire maritime; par Mme de Gaulle.
RÉCITS HÉROÏQUES, ou les Soldats martyrs; par Mme Drohojowska.
RÉCITS HISTORIQUES et dramatiques; par Marie Emery.
RENÉ, ou la Véritable Source du bonheur; par J. Aymard.
ROI DE BOURGES (le); par J. P. des Vaulx.
TROIS BERTHE (les); par M. P. Jouhanneaud.
TROIS CŒURS D'OR; par Abel George.
UNE MAITRESSE D'ÉCOLE; par Aymé Cécyl.
UNE SEMAINE A CRACOVIE; par Mme la comtesse Drohojowska.
VOIX DE L'EXIL (la); traduction de l'italien de D. Tosti, *revue
   par Mgr Giraud.*

Volumes in-8° à 1 fr.

AMANDA DE FITZ-OWALD; par Mlle Brun.
AMIS DU PAUVRE (les); par C. d'Aulnoy.
AMITIÉ, ou Fortune, Intelligence et Force; par Marie Emery.
BONHEUR D'UNE FAMILLE CHRÉTIENNE; par H. Prévault.
CAPTIVITÉ ET MORT DE LOUIS XVI, suivies de son testament
   et des derniers moments de quelques révolutionnaires.
CHARITÉ EN ACTION (la); par Mme Bourdon.
CŒUR D'UNE JEUNE FILLE (le); par Mme la bar. de Chabannes.
CONTES ANGÉLIQUES, par le R. P. Faber; traduits de l'anglais
   par le R. P. Philpin de Rivières.
CROIX D'OR (la); par M. Mestivier.
DANGERS D'UNE AMITIÉ TROMPEUSE; par Mme de Chabannes.
DANIEL RIGOLLOT, ou le Presbytère, la Ferme et le Château.
EDMA, ou le Triomphe de la charité; par Mlle Brun.
ÉLISABETH ET ÉMILIE; par Mme Farrenc.

— Lille. Typ. J. Lefort. 1877 —

www.ingramcontent.com/pod-product-compliance
Lightning Source LLC
Chambersburg PA
CBHW051132260626
47170CB00005B/1784